中华经典诗歌词曲赏读

咏怀的词

雪岗　主编
全民　编写

时代出版传媒股份有限公司
安徽少年儿童出版社

总序

雪岗

从这套书的书名上就可以知道,这是介绍中国古诗的集子,一共五种。我们常说,古代中国是"诗的国度"。各类古诗浩如烟海,数不胜数,就连编选、注释、讲解古诗的选本也是层出不穷,五花八门,过去有很多,今后也还会不断涌现。各种选本的编法和选的作品自不相同,各有各的特点。那么,这套书有什么特点呢?

第一,它是按照古诗的四大类型,即"诗""歌""词""曲"分别编选讲解。诗歌词曲起源不一,各具形态,分开介绍,有利于加深印象和相互比较。"诗",在古代包括两层含义:其一,它是诗歌词曲这些按照一定韵律、节奏、句数,分行写成的文学体裁的总称。其二,它是古人用四言、五言、七言和杂言等句式分行写成的韵体文。这套书里的《言志的诗(一)》《言志的诗(二)》收入的是历代文人的诗作。"歌"

即是"民歌",历代民众的口头创作,反映民众的生活和情感。民歌的形式很丰富,与诗词曲关系密切。"词"是指起源于唐代中期的歌词,到宋代发展成古诗的新形式。"曲"主要是指金元时期形成的"散曲",也包括剧曲和民间小曲,其文字部分也属古诗的范围。

第二,它采取纵与横结合、作品与知识结合的方法编写。诗歌词曲分别成集,即是"横向",各集的入选作品均按时代顺序排列,从先秦到清代(词曲分别从唐、金元到清),即是纵向。同时在"导读"中,简略介绍各自的起源、形态特点和发展演变过程。这样就可以使读者在欣赏作品的同时,也可以了解诗歌词曲的基本面貌和发展史,获取更多的知识。

第三,它以青少年为主要阅读对象,但不同于教科书和有关部门规定的必背诗目。书中选的作品和编写的方法以青少年和一般读者的接受能力为基础依据。作者上,大多是历代卓有成就的著名诗人。选材上,以短篇为主,也适当选入部分中篇和个别好懂的长篇。内容上,以景物诗为主,也收入一些社会诗、议政诗、咏史诗、边塞诗、军旅诗、励志诗、讽刺诗等。这就既考虑了这部分读者的兴趣,又反映了古诗多方面的成就,提高读者的读诗能力。写法上,除作品本身外,"注释"部分对难懂的字、词、句进行简洁明确的解释,但一般不作考证。"提示"部分对作者情况、作品的写作背景、主要内容及难点做简单介绍和分析,以帮助读者理解。这就是说,本书不像有些"鉴赏辞典"那样,用比作品多成百上千倍的文字,引经据典、旁征博引加发表

感想来详细讲解。

　　这种编写方法,既是从读者对象的实际情况考虑的,也与怎样读古诗有着密切关系。常言道:"诗言志""歌传情""诗无定解"。同一首诗,不同人读后会有不同理解。特别是作品的内涵,往往作者的意图和读者的认识并不一致。这正是诗的魅力所在。所以读古诗最好的方法,不是听别人怎样"掰开揉碎"地解释,而是自己熟读和记诵。"熟读唐诗三百首,不会作诗也会吟"这句话不是夸张,是实情。笔者一向认为,读古诗主要靠自己诵读。诵读多了,甚至能背下来,必然会发生"质变":从不太懂到懂得,再升华到有了自己的理解。

　　还有一点非常要紧。写诗不是写文章,不是写小说,它是把思想情绪浓缩到几个字一句的诗行里,必然要突破一般句法和文法约束。所以读诗万不可像读文章那样抠字眼儿、讲语法,非弄得明明白白不可。诗大都是开放的、抒情的、表意的、朦胧的、含蓄的,读诗也要有这样的心态才行,否则就会陷入"文字泥沙"里出不来,诗味也就没了。笔者很反对用现代诗体来翻译古诗,就是这个道理。古诗有古诗的韵味,只有品尝原汁原味才能真正体会其营养价值,消化吸收。本书"提示"有时会把不同理解告诉读者,就是出于这个原因。

　　本书的作者都有过当编辑的经历,出版过有关古诗的书或发表过研究论文。他们对读者的阅读兴趣和特点比较熟悉,对语言表达的深浅度有较好的把握。祝愿读者们在"诗歌词曲"的海洋里,无拘束地畅游,去获取丰富的知识,享受精神的愉悦。

目录

...... 2　　导读——关于"词"

唐五代

...... 8　　【菩萨蛮】"平林漠漠烟如织"［唐］佚名
...... 10　【忆秦娥】"箫声咽"［唐］佚名
...... 12　【渔歌子】"西塞山前白鹭飞"［唐］张志和
...... 13　【调笑令】"胡马"［唐］韦应物
...... 14　【忆江南】三首［唐］白居易
...... 16　【更漏子】"玉炉香"［唐］温庭筠
...... 17　【望江南】"梳洗罢"［唐］温庭筠
...... 18　【梦江南】"兰烬落"［唐］皇甫松
...... 19　【菩萨蛮】"人人尽说江南好"［唐］韦庄
...... 20　【应天长】"别来半岁音书绝"［唐］韦庄
...... 21　【南乡子】"山果熟"［五代］李珣
...... 22　【谒金门】"风乍起"［五代］冯延巳
...... 23　【相见欢】"林花谢了春红"［五代］李煜

……24 【相见欢】"无言独上西楼"［五代］李煜

……25 【浪淘沙】"帘外雨潺潺"［五代］李煜

……26 【破阵子】"四十年来家国"［五代］李煜

……28 【虞美人】"春花秋月何时了"［五代］李煜

北宋

……30 【酒泉子】"长忆观潮"［北宋］潘阆

……31 【苏幕遮】怀旧［北宋］范仲淹

……33 【渔家傲】秋思［北宋］范仲淹

……34 【画堂春】"外湖莲子长参差"［北宋］张先

……35 【浣溪沙】"一曲新词酒一杯"［北宋］晏殊

……36 【蝶恋花】"槛菊愁烟兰泣露"［北宋］晏殊

……38 【破阵子】春景［北宋］晏殊

……39 【望海潮】"东南形胜"［北宋］柳永

……41 【雨霖铃】"寒蝉凄切"［北宋］柳永

……43 【蝶恋花】"伫倚危楼风细细"［北宋］柳永

…… 44 【八声甘州】"对潇潇暮雨洒江天"［北宋］柳永

…… 46 【采桑子】"春深雨过西湖好"［北宋］欧阳修

…… 47 【踏莎行】"候馆梅残"［北宋］欧阳修

…… 48 【桂枝香】金陵怀古［北宋］王安石

…… 51 【菩萨蛮】"数间茅屋闲临水"［北宋］王安石

…… 52 【卜算子】送鲍浩然之浙东［北宋］王观

…… 53 【少年游】"离多最是"［北宋］晏几道

…… 55 【江城子】乙卯正月二十日夜记梦［北宋］苏轼

…… 57 【江城子】密州出猎［北宋］苏轼

…… 59 【水调歌头】丙辰中秋［北宋］苏轼

…… 61 【定风波】三月七日沙湖道中遇雨［北宋］苏轼

…… 63 【浣溪沙】游蕲水清泉寺［北宋］苏轼

…… 64 【念奴娇】赤壁怀古［北宋］苏轼

…… 67 【水调歌头】黄州快哉亭赠张偓佺［北宋］苏轼

…… 69 【蝶恋花】"花褪残红青杏小"［北宋］苏轼

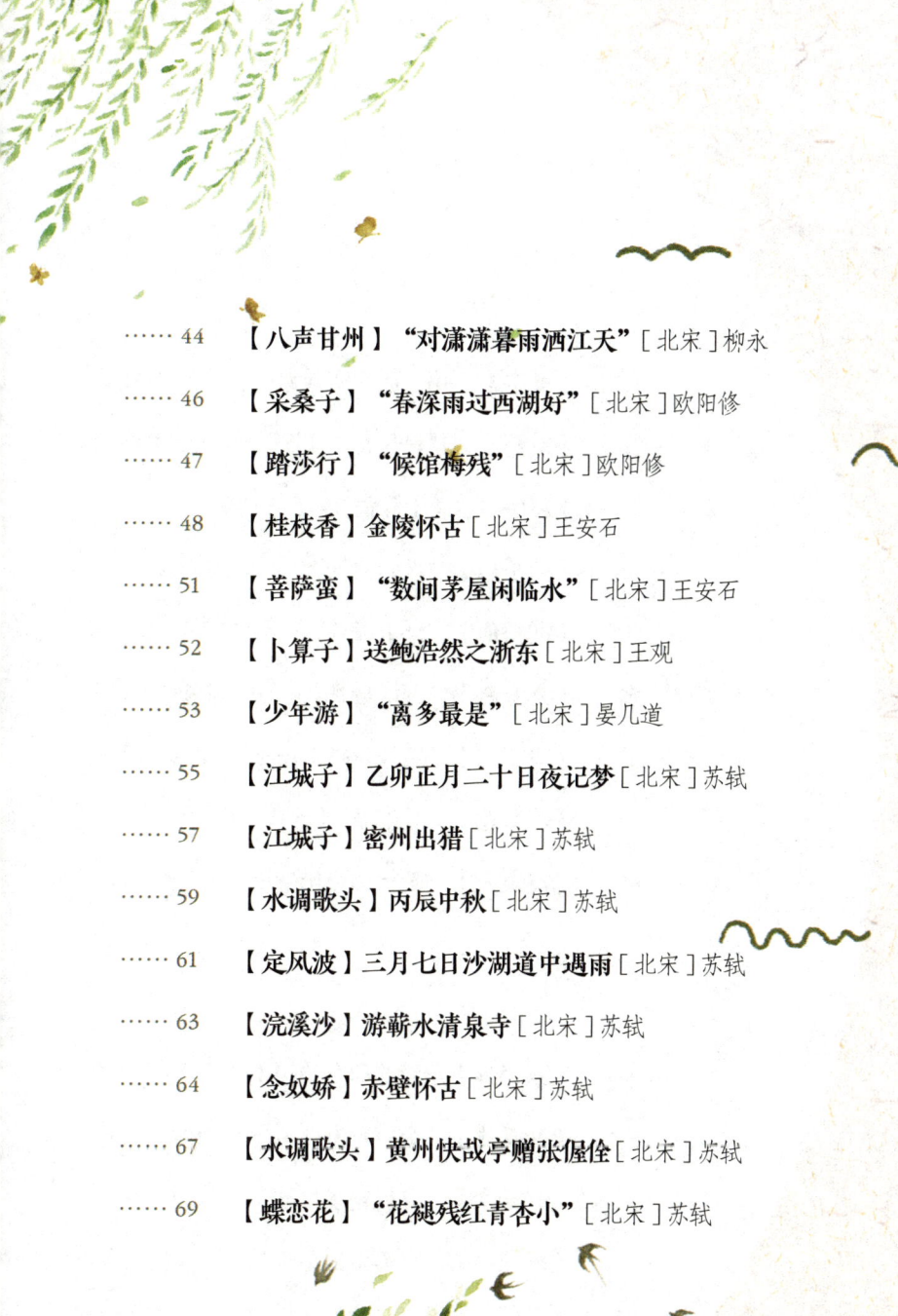

…… 70　【减字木兰花】己卯儋耳春词［北宋］苏轼

…… 72　【卜算子】"我住长江头"［北宋］李之仪

…… 73　【减字木兰花】竞渡［北宋］黄裳

…… 74　【清平乐】"春归何处"［北宋］黄庭坚

…… 75　【鹊桥仙】"纤云弄巧"［北宋］秦观

…… 76　【点绛唇】"醉漾轻舟"［北宋］秦观

…… 77　【青玉案】"凌波不过横塘路"［北宋］贺铸

…… 79　【苏幕遮】"燎沉香"［北宋］周邦彦

…… 81　【虞美人】"疏篱曲径田家小"［北宋］周邦彦

南宋

…… 83　【点绛唇】绍兴乙卯登绝顶小亭［南宋］叶梦得

…… 85　【相见欢】"金陵城上西楼"［南宋］朱敦儒

…… 86　【如梦令】"昨夜雨疏风骤"［南宋］李清照

…… 87　【醉花阴】"薄雾浓云愁永昼"［南宋］李清照

……89 【一剪梅】"红藕香残玉簟秋"[南宋]李清照

……90 【渔家傲】"天接云涛连晓雾"[南宋]李清照

……92 【武陵春】"风住尘香花已尽"[南宋]李清照

……94 【声声慢】"寻寻觅觅"[南宋]李清照

……96 【永遇乐】"落日熔金"[南宋]李清照

……98 【减字木兰花】春怨[南宋]朱淑真

……99 【鹧鸪天】建康上元作[南宋]赵鼎

……100 【渔家傲】题玄真子图[南宋]张元幹

……102 【满江红】"怒发冲冠"[南宋]岳飞

……104 【卜算子】咏梅[南宋]陆游

……106 【钗头凤】"红酥手"[南宋]陆游

……108 【诉衷情】"当年万里觅封侯"[南宋]陆游

……110 【浣溪沙】江村道中[南宋]范成大

……111 【好事近】七月十三日夜登万花川谷望月作[南宋]杨万里

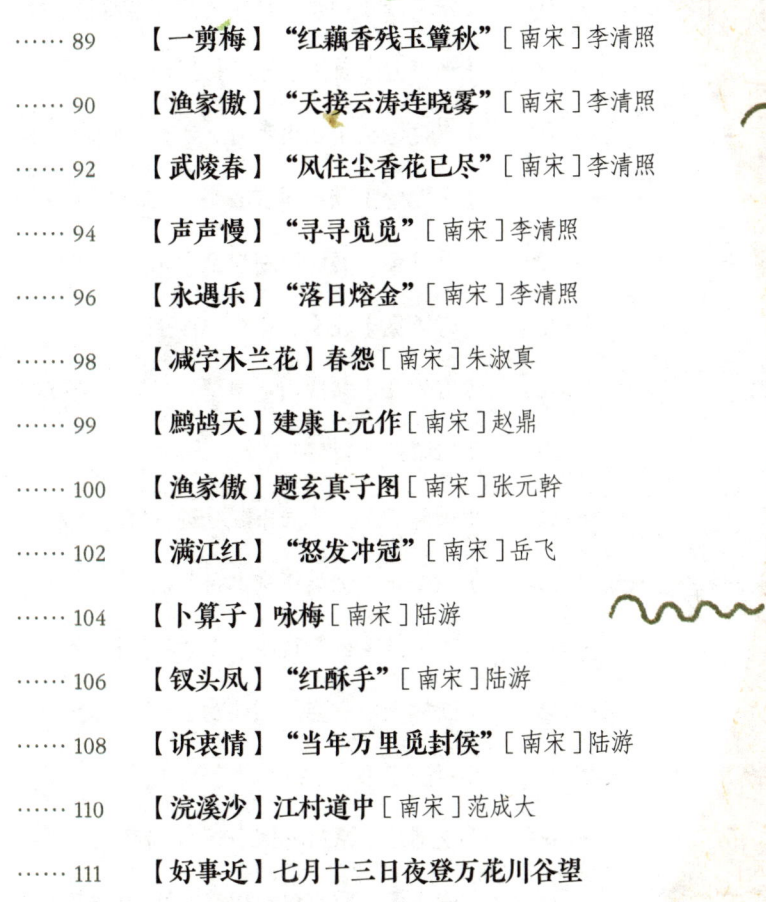

…… 112 【浣溪沙】荆州约马举先登城楼观塞［南宋］张孝祥

…… 114 【西江月】黄陵庙［南宋］张孝祥

…… 115 【水调歌头】金山观月［南宋］张孝祥

…… 117 【水龙吟】登建康赏心亭［南宋］辛弃疾

…… 120 【菩萨蛮】书江西造口壁［南宋］辛弃疾

…… 121 【青玉案】元夕［南宋］辛弃疾

…… 123 【丑奴儿】书博山道中壁［南宋］辛弃疾

…… 124 【清平乐】村居［南宋］辛弃疾

…… 125 【破阵子】为陈同甫赋壮词以寄之［南宋］辛弃疾

…… 127 【清平乐】忆吴江赏木樨［南宋］辛弃疾

…… 129 【西江月】夜行黄沙道中［南宋］辛弃疾

…… 131 【鹧鸪天】有客慨然谈功名，因追念少年时事，戏作［南宋］辛弃疾

…… 133 【永遇乐】京口北固亭怀古［南宋］辛弃疾

…… 136 【南乡子】登京口北固亭有怀［南宋］辛弃疾

…… 138 【唐多令】重过武昌［南宋］刘过

……140 【扬州慢】"淮左名都"［南宋］姜夔

……142 【鹧鸪天】正月十一日观灯［南宋］姜夔

……143 【霜天晓角】仪真江上夜泊［南宋］黄机

……144 【玉楼春】戏林推［南宋］刘克庄

……146 【清平乐】五月十五夜玩月［南宋］刘克庄

……147 【风入松】"听风听雨过清明"［南宋］吴文英

……149 【柳梢青】春感［南宋］刘辰翁

……151 【四字令】访友不遇［南宋］周密

……152 【踏莎行】题草窗词卷［南宋］王沂孙

……153 【一剪梅】舟过吴江［南宋］蒋捷

……155 【虞美人】听雨［南宋］蒋捷

……156 【解连环】孤雁［南宋］张炎

元明清

……159 【人月圆】"南朝千古伤心事"［金］吴激

7

……161	【临江仙】自洛阳往孟津道中作	[元]元好问
……163	【木兰花】"未开常探花开未"	[元]刘因
……165	【清平乐】柳	[明]杨基
……167	【临江仙】"滚滚长江东逝水"	[明]杨慎
……169	【山花子】春愁	[明]陈子龙
……170	【梦江南】"人去也"	[明]柳如是
……171	【柳梢青】"锦样江山"	[明]张煌言
……173	【采桑子】"片风丝雨笼烟絮"	[明]夏完淳
……174	【长相思】舟夜	[清]吴绮
……175	【醉落魄】咏鹰	[清]陈维崧
……177	【卖花声】雨花台	[清]朱彝尊
……179	【南楼令】"疏雨过轻尘"	[清]朱彝尊
……181	【青玉案】"天然一帧荆关画"	[清]顾贞观
……183	【长相思】"山一程"	[清]纳兰性德
……185	【如梦令】"万帐穹庐人醉"	[清]纳兰性德

…… 186　【画堂春】"一生一代一双人" [清]纳兰性德

…… 188　【十六字令】咏秋水 [清]佟世南

…… 189　【谒金门】七月既望，湖上雨后作 [清]厉鹗

…… 190　【相见欢】"年年负却花期" [清]张惠言

…… 191　【蝶恋花】"柳絮年年三月暮" [清]周济

…… 192　【清平乐】池上纳凉 [清]项鸿祚

…… 194　【柳梢青】"芳草闲门" [清]蒋春霖

…… 196　【浪淘沙】自题《庚子秋词》后 [清]王鹏运

…… 198　【望海潮】自题小影 [清]谭嗣同

…… 200　【贺新郎】"昨夜东风里" [清]梁启超

…… 203　【满江红】"小住京华" [清]秋瑾

…… 205　【鹧鸪天】"祖国沉沦感不禁" [清]秋瑾

导读——关于"词"

词,是一种文学样式,是中国文学史上一种特殊的诗体。词又称曲子词、长短句、诗余。它最初是配合宴乐乐曲而填写的歌词,作词时需要根据所选词牌的平仄格式进行,所以作词又称为填词。

归纳起来,词有以下几个基本要素:

第一,词牌。词牌就是词的不同平仄格式的名称。词的格式有一两千个。人们不好把它们称为第一式、第二式等,所以就给它们起了一些名字。这些名字就是词牌。每首词都有一个词牌,如"卜算子""忆江南""浪淘沙"等。词牌并不是词的题目,只能把它当作词谱看待。有时候,几个格式合用一个词牌,因为它们是同一个格式的若干变体;有时候,同一个格式有几个词牌名称,那是因为各家叫法不同罢了,如"忆江南"又叫"望江南""梦江南""江南好""梦游仙"等。

不同的词牌的句数,每句的字数、平仄上都有严格规定。按照字数,词分为长调、中调、小令三类。有个说法,认为58字以内为小令,59至90字为中调,91字以上为长调。这个说法并不严谨,但可以参考。

第二,词题。这是前人作词时加于词前的题目(有的还在词题下面写上一段小序,简要说明作词的原因)。词的初期,词牌与词题含义基本上是合一的。后来,词的内容逐渐与词牌脱离,光有词牌不足以表明该词的内容,才另加词题,这大约从宋代开始。如苏东坡的"念奴娇"(词牌名),外加"赤壁怀古",说明该词为何而作,这后者就是词题。

第三,段落。每首词一般都分两段。第一段叫前阕或上阕、上片,第二段叫后阕或下阕、下片。也有不分上下段的,多是小令,如"十六字令""如梦令"等。个别的也有分三段以上的。只有一段的叫单调,有两段的叫双调(两段的平仄、字数相等或大致相等),有三段的叫三叠,有四段的叫四叠。

第四,句式。词的句式参差不齐,基本上是长短句。句的长短随歌调而改变。

第五,声韵。词对声韵的规定特别严格,用字要分平仄,每个词牌的平仄都有所规定,各不相同。有的词牌限定在某些字上可以不押韵。

词起源于民间,但以前很难见到早期民间作品。1900年敦煌石室被打开之后,人们发现了唐代的民间词,就是敦煌曲子词。敦煌曲子词数量很多,其中除了温庭筠、李晔(唐昭宗)、欧阳炯词共五首外,其余为无名氏之作。作者范围广泛,多属下层,写作时间大抵起自武则天末年,迄于五代。这些早期民间词的词牌和写法与后来的文人词不完全一样,但历史价值极高。

唐代中期以后,曲词受到人们的喜好,被大量引进宫廷演奏的教坊,并在社会各阶层流传,许多诗人都来参加词的创作,从而推动了文人词的发展。词开始在文学创作中占了一席地位,并且产生一

些较为优秀的作品。

晚唐五代,文人词进一步确立,出现了词的专家与专集。如温庭筠是第一个大力填词的词人,《花间集》收有他的词六十六首。《花间集》是最早的一部文人词选集,共收集十八个词人写的五百首词。词从此独立成为一体,与诗并行发展。南唐后主李煜被俘虏之后的词作,把个人情感注入其中,开拓出新的艺术境界,给后世词人以深远的影响。

进入宋代以后,名家辈出,造就了词的繁荣时期。词在柳永、苏轼、李清照、辛弃疾等杰出词人手中,得到了提高与发展。宋词得与唐诗并称,被后人尊为一代文学之胜。不过在这同时,民间词也随之被忽略甚至被埋没了。

词究竟起源于何时,至今还是一个有争议的问题。有人认为最早起源于古乐府,有人认为萌发于隋代,但对词形成于唐代,晚唐五代开始了兴盛阶段,至宋代达到顶峰的观点,是没有异议的。

词于宋代达到顶峰后,在元明两代衰落多年,到清代重现繁荣,出现了一些优秀词作家和作品。但论成就,清词远比不上宋词。

词在发展过程中,出现了许多不同风格的作品,形成了各种大

小流派。一般来说,影响最大的是北宋时期形成的婉约派和豪放派。

婉约派的特点是婉转含蓄、内容狭窄,侧重儿女情长。结构深细缜密,重视音律和谐,语言圆润,具有柔婉之美。代表人物有柳永、张先、晏殊、晏几道、欧阳修、秦观、贺铸、李清照等。婉约派被认为是词的"正宗",影响很大。

豪放派的特点是境界宏大、题材广阔,把军情国事的重大题材引入词中,使词能像诗文一样反映社会生活和个人感情。气势恢宏,不拘泥格律,具有阳刚之美。代表人物有范仲淹、王安石、苏轼、张元幹、张孝祥、陆游、辛弃疾、陈亮、刘克庄等。豪放派是对词的重大改革,极大地开发了词的社会作用和艺术价值。

到了南宋,词又有了新的成就。辛弃疾等的爱国词派、姜夔等的格律词派,都有很大影响。爱国词的出现与当时的国家危难密不可分,也随着南宋的消亡而结束。格律派早期代表人物是北宋的周邦彦,到南宋后期的姜夔、吴文英、周密、张炎、王沂孙等人那里达到高潮。其特点是格律严谨,音韵精密,辞句工巧。题材以传统的情爱等为主,又主张"乐而不淫",追求字斟句酌和用典。这就势必把词拖进书斋,成为少数文人的消遣之物,宋词也就衰落了。

清代的词也有不同流派,但特色不鲜明,在社会上影响不大。这里就不细讲了。尽管有各种流派,但彼此之间并没有截然界限。宋词的很多豪放派词人,如苏轼、辛弃疾、张元幹等也能写出高水平的婉约风格的作品。婉约派的代表人物李清照,在晚年的词作也是很豪放的。很多格律派人物对辛弃疾的作品很推崇,但他们没有辛弃疾那样的经历,也就写不出有英雄气概的作品。

词以其特有的音乐美和韵律、长短参差的句法以及所抒发的深沉而细腻的感情,成为深受人们喜爱的文学体裁。词体现着中国传统文化和古典艺术的精髓,能陶冶情操,砥砺精神,奠定我们坚实的文学基础和文化底蕴。

本书根据青少年读者的特征和阅读特点,从浩瀚的词海洋中,选取了从唐到清的一百多首优秀作品。在符合本套书宗旨的前提下,尽量兼顾各种流派和风格的作品。希望读者们都能从中吸取精神营养,提高自己的文化品位。

唐五代

【菩萨蛮】

[唐] 佚名

平林①漠漠②烟如织,寒山一带伤心碧③。暝色④入高楼,有人楼上愁。　玉阶⑤空伫立⑥,宿鸟归飞急。何处是归程?长亭连短亭⑦。

注 释

①平林:舒展的树林。　②漠漠:迷蒙的样子。　③伤心碧:使人伤心的碧绿色。　④暝色:夜色。　⑤玉阶:阶梯的美称。一作"玉梯"。　⑥伫立:久立。　⑦长亭连短亭:古代设在路边供行人休憩的亭舍,每隔十里设一长亭,五里设一短亭。

提示

　　这首词与《忆秦娥·箫声咽》被誉为"百代词曲之祖",是已发现的最早的文人词作。有人认为是李白写的,但证据不足。

　　作者写出了妇人盼望远方亲人归来时的心情:既有对心上人的思念,又包含登楼久候而不见人归的愁怨。开头两句写远景。登楼远眺,但见平林秋山,横亘眼前,思妇深情凝望,不知不觉之中太阳已经落下,愁情涌上心头。下片头两句写近景,虽与上片登楼远望所见远景有不同,但思念之情更深一层。最后两句,设想游人归途艰难,感叹相逢无期。作品将深秋暮色之景与人物心理的描写紧密结合,将远景和近景接连推出,愁情离绪浸染其中,句句相扣,浑然天成。

忆秦娥①

[唐]佚名

箫②声咽③,秦娥梦断④秦楼月。秦楼月,年年柳色,灞陵⑤伤别⑥。　乐游原⑦上清秋节⑧,咸阳古道⑨音尘⑩绝。音尘绝,西风残照,汉家⑪陵阙⑫。

注释

①秦娥:本指古代秦国的女子弄玉。传说她是秦穆公的女儿,爱吹箫,嫁给仙人萧史。这里代指女子。　②箫:竹制的管乐器。　③咽(yè):呜咽,形容箫管吹出的曲调低沉悲凉。　④梦断:梦被打断,即梦醒。　⑤灞陵:在今陕西西安东,是汉文帝的陵墓所在地。当地有一座桥,汉代人送客至此桥,折柳送别。　⑥伤别:为别离而伤心。　⑦乐游原:又叫"乐游苑",在长安东南郊,是汉宣帝乐游苑的故址。其地势较高,在唐代是游览之地。　⑧清秋节:指农历九月九日的重阳节,是当时人们重阳登高的节日。　⑨咸阳古道:咸阳在长安西北,是汉唐时期往西北的要道。"咸阳古道"就是长安道。　⑩音尘:一般指消息,这里是指车行走时发出的声音和扬起的尘土。　⑪汉家:汉朝。　⑫陵阙:皇帝的坟墓和宫殿。

提示

作品通过对女子思念恋人时痛苦心情的描绘，反映了唐王朝走向衰败的凄婉情景。词的上片写个人忧愁：女子正在梦中与情人欢会，呜咽的箫声把她从梦中惊醒，面对冰冷的残月，黯然神伤。接着，转入对"灞陵伤别"的回忆。词的下片是对历史的反思：眼前咸阳古道悠悠，当年繁华消失殆尽，萧瑟的西风、如血的残阳之下，只剩孤零零的汉代陵墓默默相伴。悲凉之气，油然而生，怎不让人感慨万千！这首词意境开阔，风格浑厚，句句掷地有声，不愧为经典之作。

渔歌子

[唐]张志和

西塞山①前白鹭②飞，桃花流水③鳜鱼④肥。青箬笠⑤，绿蓑衣⑥，斜风细雨不须⑦归。

注释

①西塞山：在今浙江湖州西面。 ②白鹭：一种白色的水鸟。 ③桃花流水：桃花盛开的季节正是春水上涨的时候，俗称桃花汛或桃花水。 ④鳜鱼：俗称"花鱼""桂鱼"，扁平口大鳞细，味道鲜美。 ⑤箬笠（ruò lì）：用竹篾、竹叶编的斗笠。 ⑥蓑衣：用草或棕麻编织的雨衣。 ⑦不须：不需要。

提示

作者张志和（732—774），字子同，初名龟龄，号玄真子。唐代祁门（在今安徽）人，祖籍浙江金华。他三岁就能读书，六岁做文章，十六岁后做官，母亲和妻子相继故去后，弃官流落江湖，不慎落水身亡。

这首词表达了对自然风光和垂钓渔人的赞美，词牌也是张志和首用。开头两句，通过描写山、水、鸟、花、鱼，交代了垂钓的环境和季节；尾句"斜风细雨不须归"形象地表达了垂钓者愉悦的心情，连家都不肯回了。诗人运用白描手法描写自然风光，三言两语就刻画出景物与人的关系，有声有色。

【调笑令】

[唐] 韦应物

胡马①，胡马，远放燕支山②下。跑③沙跑雪独嘶，东望西望路迷。迷路，迷路，边草④无穷日暮⑤。

注释

①胡马：北方产的骏马。"胡"是中国古代对北方部族的称呼。②燕支山：又称焉支山，在今甘肃山丹县东。③跑：同"刨"。④边草：指北方边地的草原。⑤无穷日暮：一望无际，天已黄昏。

作者韦应物（737—792），因出任过苏州刺史，世称"韦苏州"。唐代长安（今陕西西安）人。他性格端正，为官清正，严于律己，诗风也高雅不俗，以善于写山水景物诗著称。对新兴的词，也有少量作品。

这首小令是描写马的佳品。词中把马刨沙雪嘶鸣的狂野状态、迷路时东张西望的茫然神态，写得惟妙惟肖。草原的无穷尽和黄昏时刻，给人以不安和无望的感觉。这实际也是写牧马人，就是戍边士卒的生活。他们长年在北方旷野与战马为伴，孤独又艰苦。作品勾勒出一幅辽阔的草原放牧图，读来如现眼前。

【忆江南】 三首

[唐] 白居易

江南好，风景旧曾谙①。日出江花②红胜火③，春来江水绿如蓝④。能不忆江南？

江南忆，最忆是杭州。山寺月中寻桂子⑤，郡亭⑥枕上看潮头⑦。何日更重游？

江南忆，其次忆吴宫⑧。吴酒一杯春竹叶⑨，吴娃⑩双舞醉芙蓉⑪。早晚⑫复相逢？

注 释

①谙（ān）：熟悉。作者年轻时曾三次到过江南。 ②江花：江边的花朵。一说指江中的浪花。 ③红胜火：颜色鲜红胜过火焰。 ④绿如蓝：绿得比蓝草还要绿。蓝：蓝草，其叶可制青绿染料。 ⑤桂子：桂花。 ⑥郡亭：疑指杭州城东楼。 ⑦看潮头：钱塘江入海处，有二山南北对峙如门，潮水穿门而过，汹涌澎湃，是观潮的好地方。 ⑧吴宫：指吴王夫差为西施所建的馆娃宫，在苏州西南灵岩山上。此处代指苏州。 ⑨竹叶：酒名，也泛指美酒。 ⑩吴娃：原为吴地美女名。此处泛指吴地美女。 ⑪醉芙蓉：形容舞伎的美姿。 ⑫早晚：何日，几时。

作者白居易（772—846），字乐天，号香山居士，又号醉吟先生，唐代太原（在今山西）人，生于新郑（在今河南）。他在唐朝担任过要职，又是中后期重要诗人，与元稹等共同倡导新乐府运动。白居易的诗歌题材广泛，形式多样，语言平易通俗，后人常把他与李白、杜甫并称唐代"三大诗人"。作为早期词人中的佼佼者，他的词作对后世影响很大。

这三首词是白居易晚年所作。《忆江南》又名《望江南》《梦江南》。他在词中追忆青年时期漫游江南、旅居苏杭的经历，用短短几十个字，写尽江南美景，令人心驰神往。第一首是对江南美景的高度概括，"日出江花红胜火，春来江水绿如蓝"历来为后世所传诵；第二首通过山寺寻桂和钱塘观潮的画面，描绘杭州之美；第三首回忆苏州舞伎如醉酒芙蓉的舞姿，表达对苏州美的无限深情。

三首词各自独立而又互为补充，将江南的景色美、风物美和女性美一一展现在读者面前，有极强的艺术概括力。

【更漏子】 〔唐〕温庭筠

玉炉香，红蜡泪，偏照画堂秋思。眉翠薄，鬓云①残，夜长衾②枕寒。　梧桐③树，三更雨，不道④离情正苦。一叶叶，一声声，空阶滴到明。

注释

①鬓（bìn）云：鬓发如云。　②衾（qīn）：被子。　③梧桐：落叶乔木。中国古代传说凤凰"非梧桐不栖"。　④不道：不管、不理会的意思。

提示

作者温庭筠（约812—866），本名岐，艺名庭筠，字飞卿，唐代并州祁县（在今山西晋中）人。晚唐时期诗人、词人。在词史上，与韦庄齐名，并称"温韦"。他精通音律，工诗，存词七十余首。有《花间集》遗存。被尊为"花间词派"之鼻祖。

这是一首写思妇离情的词。上片写室内，前三句写情境，后三句写人物，通过思妇独对炉香、蜡泪，画眉淡薄，鬓发零乱，辗转反侧，无法入眠情状的描述，表现主人公夜长衾寒的愁苦与寂寞；下片写室外，通过对梧桐夜雨的细致描述，衬托思妇愁苦的离情。通篇自画堂写至夜晚，又自夜晚写到拂晓，将幽暗的景致与愁苦的离情表现得酣畅淋漓。

【望江南】

[唐]温庭筠

梳洗①罢,独②倚望江楼③。过尽千帆④皆⑤不是,斜晖⑥脉脉⑦水悠悠。肠断⑧白蘋⑨洲⑩。

注释

①梳洗:梳头、洗脸、化妆等妇女的生活内容。 ②独:独自,单一。 ③望江楼:楼名,因临江而得名。 ④千帆:上千只帆船。帆:船上使用风力的布篷,又作船的代名词。 ⑤皆:副词,都。 ⑥斜晖:日落前的阳光。 ⑦脉脉:凝视的样子。 ⑧肠断:形容极度悲伤愁苦。 ⑨白蘋(pín):水中白色的浮草。古时男女常采蘋花赠别。 ⑩洲:水边陆地。

提示

这首词刻画了一位女子倚楼望江、盼夫归来的形象。开篇"梳洗罢,独倚望江楼"两句,表现了主人公急切盼夫归来而又信心不足的心情。"过尽千帆皆不是,斜晖脉脉水悠悠"这两句明为写景,实为抒情,把女子独倚望江楼时愁苦与无助的心情,表现得十分逼真。结句"肠断白蘋洲",描写女子回忆起当年在白蘋洲分手时的情景,倍加伤心,一个鲜明生动的人物形象呼之欲出。

【梦江南】

[唐]皇甫松

兰烬①落,屏上暗红蕉②。闲梦江南梅熟日,夜船吹笛雨萧萧③。人语驿④边桥。

注释

①兰烬:指烛的余烬。烬:物体燃烧后剩下的部分。 ②暗红蕉:更深烛尽,画屏上的美人蕉模糊不辨的样子。 ③萧萧:同"潇潇",形容雨声。 ④驿:驿亭,古代供公差或行人暂时休息的地方。

作者皇甫松,生卒年不详,字子奇,唐代睦州(今浙江建德)人。工诗词,擅长竹枝小令,能自制新声。

这是一首思乡之作,写的是梦境中的江南故乡。词中勾画了一幅江南夜雨图,图中有江南水乡的夜船,篷背的雨声,窗外的笛声,驿桥边依依话别的浓情,颇富诗情画意。这样的思乡之梦,怎不让人留恋难忘。

菩萨蛮

[唐]韦庄

人人尽说江南好,游人①只合②江南老。春水碧于天,画船听雨眠。　　垆边人③似月,皓腕④凝霜雪。未老莫还乡,还乡须⑤断肠⑥。

注释

①游人:这里指漂泊江南的人,即作者自己。　②合:应当。　③垆边人:这里指当垆卖酒的女子。垆:旧时酒店里安放酒瓮的土台子,也指酒店。　④皓腕:洁白的手腕。　⑤须:必定。　⑥断肠:形容非常伤心。

提示

作者韦庄(约836—约910),字端己,唐代长安杜陵(今陕西西安附近)人。晚唐诗人、词人,五代时曾任前蜀宰相。韦庄诗词俱佳,与温庭筠同为"花间派"代表作家,并称"温韦"。其词多写自身的生活体验,描写上层社会的享乐生活及离情别绪。善用白描手法,词风清丽。

在这首词中,作者满怀对江南水乡深深的依恋之情,将其风光美和人物美描画得生动形象,漂泊难归的愁苦思绪感人至深。上片开首两句与下片结尾两句抒情,中间四句写景、写人。作品纯用白描写法,清新自然,真切可感;起结四句虽直抒胸臆,却又婉转含蓄,意境深远,具有较强的艺术感染力。

【应天长】

[唐]韦庄

别来半岁音书①绝,一寸②离肠③千万结④。难相见,易相别,又是玉楼⑤花似雪⑥。　　暗相思,无处说,惆怅夜来烟月⑦。想得此时情切,泪沾红袖⑧黦⑨。

注释

①书:一作"信"。　②一寸:是说离肠只有短短的一寸。③离肠:充满离愁的情绪。　④结:指不得发泄的离情郁积在心头。　⑤玉楼:即闺楼。　⑥花似雪:梨花如雪一样白。此指暮春时节。　⑦烟月:指月色朦胧。　⑧红袖:妇女红色的衣袖。　⑨黦(yuè):黑黄色。此处指红袖上斑斑点点的泪痕。

提示

　　这是一首描写女子与恋人别后相忆的词。上片写面对春光明媚的白天,女子的相思之情;下片写在月色朦胧的夜晚,女子思念远方恋人的情怀。这首词语言浅显直白,吐露心声毫无掩饰,思念之情跃然纸上。

【南乡子】

[五代]李珣

山果熟，水花①香，家家风景有池塘。木兰舟②上珠帘卷，歌声远，椰子酒③倾鹦鹉盏④。

注释

①水花：荷花中最优异突出的叫"水花"，这里实指菱荷之类。②木兰舟：此指用木兰树做的小舟。 ③椰子酒：江南特有的用椰子酿制的酒浆。 ④鹦鹉盏：是用鹦鹉螺制成的一种酒杯名。盏就是杯。

提示

作者李珣（约855—约930），字德润，五代前蜀梓州（今四川三台）人。他祖籍波斯，其先祖隋代时来华，唐初随国姓改姓李，安史之乱时入蜀定居梓州，人称蜀中土生波斯。其为"花间派"重要词人之一，词风清婉明丽，较少雕琢，独具特色。

"南乡子"词牌，初为单调，后发展为双调。李珣的这首是单调。词中热情描摹歌颂金秋江南勤劳富庶的人民、妩媚秀丽的风光，尤其"歌声远"尾句，不仅使人想到歌声的优美，而且看到了一幅词人陶醉于江南风光的图画。随着小船渐行渐远，优美的歌声如余音绕梁，兴味无穷。小令语言清新，色调明快，写得精美而有韵味。

谒金门

【五代】冯延巳

风乍①起,吹皱一池春水。闲引②鸳鸯香径里,手挼③红杏蕊。　　斗鸭④阑干遍⑤倚,碧玉搔头⑥斜坠。终日望君君不至,举头闻鹊⑦喜。

注释

①乍:忽然。　②引:无聊地逗引着玩。　③挼(ruó):揉搓。　④斗鸭:以鸭相斗为欢乐。斗鸭阑和斗鸡台,都是官僚显贵取乐的场所。　⑤遍:一作"独"。　⑥碧玉搔头:用碧玉做的簪子。　⑦鹊:喜鹊。民间把喜鹊视为报喜的鸟。

作者冯延巳(903—960),又作冯延己、冯延嗣,字正中,五代江都府(今江苏扬州)人。五代十国时南唐著名词人。他的词多写闲情逸致,文人的气息很浓,对北宋初期的词人有比较大的影响。

这首词写的是发生在春天里的事,描写了一个女子愁苦无奈,急切期盼心上人到来时的场景和心境。上片一开头写景:"风乍起,吹皱一池春水"是广为传诵的名句,一个"皱"字,恰切地表达了女主人公的愁怨之情。下片用一个"遍"字,进一步刻画她寂寞难耐的心情。最后,陡然以"举头闻鹊喜"结束全词,给女主人公带来新的希望,让人喜出望外,回味无穷。词作紧紧抓住贵族女子的心理特点,描写细腻入微,简练而又生动。

【相见欢】
[五代] 李煜

林花谢①了春红②,太匆匆③。无奈④朝来寒雨⑤晚⑥来风。　胭脂泪⑦,相留醉⑧,几时重⑨? 自是⑩人生长恨水长东。

注释

①谢:凋谢。　②春红:春天的花朵。　③匆匆:一作"忽忽"。　④无奈:一作"常恨"。　⑤寒雨:一作寒重。　⑥晚:一作晓。　⑦胭脂泪:原指女子的眼泪。在这里,胭脂是指林花被雨水打湿后的鲜艳颜色,指代美好的花。　⑧相留醉:一本作"留人醉",意为令人陶醉。留:遗留,给以。醉:心醉。　⑨几时重(chóng):何时再度相会。　⑩自是:自然是,必然是。

作者李煜(937—978),初名从嘉,字重光,号钟隐、莲峰居士。五代时生于金陵(今江苏南京),祖籍彭城(在今江苏徐州)。他是南唐最后一位国君,世称南唐后主、李后主。公元975年,李煜兵败降宋,被俘至汴京(今河南开封),直至去世。李煜作为一国之主,属"庸君"之列。但他精书法、工绘画、通音律,诗文均有一定造诣,尤以词的成就最高。他的词继承了晚唐词人的传统,注重把个人感情和日常词语注入作品之中,形象生动、风格鲜明,深切感人,极大提高了词的表现力,对后世词坛影响深远。

这首词作于李煜被俘之后,表达了作者深切的亡国之恨。上片写景,凄风寒雨,红花飘落,加上"太匆匆"和"无奈"的用语,恰切表达了作者悲苦的心情。下片写人,通过对美人双颊上的胭脂和着泪水流淌的描写,慨叹花儿和怜花人相互留恋的情景。末句"自是人生长恨水长东"慨叹人生怨恨之事,就像那东逝的江水,无尽无休。词作借景抒情,情景交融,看似用明白如话的语言轻描淡写,却感人至深。

【相见欢】

〔五代〕李煜

无言独上西楼,月如钩,寂寞梧桐深院锁清秋①。　剪不断,理还乱,是离愁②,别是一般③滋味在心头。

注释

①锁清秋:深深被秋色所笼罩。　②离愁:指被迫离开故国的愁绪。　③别是一般:另有一种。

提示

　　一般认为这首词写于李煜归宋以后,表现的应当是他被俘至汴京后的痛楚。上片写景。起句由作者"无言""独上"的步履和神情,写出其孤独、哀愁的心境,表达了对故国(或故人)无限怀念、眷恋之情。接着,作者西楼凭栏眺望,缺月、梧桐、深院、清秋,恰与他的哀愁融为一体。下片抒情。"剪不断"三句,将抽象的离愁情感比作麻丝,形象生动,常为后人所引用。结句"别是一般滋味在心头",将不可形容又难以说出口的忧愁,又加深了一层,令人久久回味。这首词虽名为《相见欢》,却借助于生动的艺术形象,写尽"离愁",对比鲜明,韵味无穷。

【浪淘沙】

[五代] 李煜

帘外雨潺潺①,春意阑珊②。罗衾③不耐④五更寒。梦里不知身是客⑤,一晌⑥贪欢⑦。　　独自莫凭栏,无限江山。别时容易见时难。流水落花春去也,天上人间。

注释

①潺潺:形容雨声。　②阑珊:衰残。一作"将阑"。　③罗衾(qīn):绸被子。　④不耐:受不了。一作"不暖"。　⑤身是客:指被拘汴京,形同囚徒。　⑥一晌(shǎng):一会儿,片刻。　⑦贪欢:指贪恋梦境中的欢乐。

提示

　　李煜身为亡国之君,在词中很少以帝王自居,倒是以近乎普通人的身份,诉说自己的不幸和哀苦。这也许正是他的词常常唤起人们感情共鸣的原因。

　　此词上片写景。作者隔帘听雨,潺潺春雨和阵阵春寒,把他从"一晌贪欢"的残梦中惊醒,昔日帝王,今日囚徒,今昔对比,无限哀痛。下片抒情。首句"独自莫凭栏",是因凭栏而见故国江山,引起无限伤感。"别时容易见时难",表达了对故土的怀念。尾句"流水落花春去也,天上人间",与上片"春意阑珊"相呼应,读之令人悲痛欲绝。这首词用直白的语言,沉郁的情感,书写亡国之君的血泪之思,感人肺腑。

破阵子

[五代] 李煜

四十年①来家国,三千里地山河。凤阁②龙楼连霄汉③,玉树琼枝④作烟萝⑤,几曾识干戈⑥? 一旦归为臣虏,沈腰⑦潘鬓⑧消磨。最是仓皇辞庙⑨日,教坊犹奏⑩别离歌,垂泪⑪对宫娥。

注释

①四十年:南唐自建国至李煜作此词,为三十八年。此处四十年为概数。 ②凤阁:别作"凤阙"。凤阁龙楼指帝王居所。 ③霄汉:天河。 ④玉树琼枝:别作"琼枝玉树",形容树的美好。 ⑤烟萝:形容树枝叶繁茂,如同笼罩着雾气。 ⑥识干戈:经历战争。识,别作"惯"。干戈:武器,此处指代战争。 ⑦沈腰:指南朝文人沈约,相传其多病瘦弱,皮腰带经常移动针孔。后用"沈腰"指人日渐消瘦。 ⑧潘鬓:指西晋文人潘岳,他自己说过,年三十二时,已有白发。后以"潘鬓"指中年白发。 ⑨辞庙:辞:离开。庙:宗庙。 ⑩犹奏:别作"独奏"。 ⑪垂泪:别作"挥泪"。

提 示

  这是李煜降宋后的词作，表达了作者亡国后的悔恨与苦痛之情。上片写南唐昔日繁华的景象，表达了作者对故国深深的依恋。"几曾识干戈"，是其沦为阶下囚的原因，自责之情溢于言表。下片写国破家亡的惨状。"一旦"二字承上片"几曾"句，悔恨之意更加浓烈。结尾三句，写作者离别故国时哭辞宗庙的情景，痛苦不堪，肝胆欲碎。作者运用强烈对比的手法，将一个丧国之君的苦痛和悔恨表露无遗，令人扼腕长叹。

  熟悉历史的读者可能都知道，李煜当南唐国主，本是偶然的事，他父亲李璟知道李煜不懂军政大事，打仗更是外行，无奈其他的儿子都去世了，只好把王位传给他。李煜即位的时候，北宋已经建立。宋太祖赵匡胤要统一全国，必然要消灭割据势力，南唐也在其内。李煜为此提心吊胆，总是顺从宋太祖，以臣子自居，不敢惹事。即使这样，南唐也难逃灭亡的下场。从历史的角度讲，南唐的灭亡，是社会发展的必然，也是李煜无能的结果。但从词作本身看，情绪浓烈，哀伤无限，确实给人一种凄美的感受。

【虞美人】 [五代]李煜

春花秋月何时了①，往事知多少？小楼昨夜又东风，故国②不堪回首月明中。　雕栏玉砌③应犹④在，只是朱颜改⑤。问君⑥能⑦有几多愁？恰似一江春水向东流。

注释：

①了：了结，完结。　②故国：指南唐故都金陵（今南京）。　③雕栏玉砌：指远在金陵的南唐故宫。砌：台阶。　④应犹：一作"依然"。　⑤朱颜改：指所怀念的人已衰老。朱颜，红颜，少女的代称，这里指南唐旧日的宫女。　⑥君：作者自称。　⑦能：或作"都""那""还""却"。

提示

在这首脍炙人口的名作中，作者回顾往日作为一国之主的威仪，联想当今变为阶下囚的悲情，哀叹世事多变、人生无常，亡国之恨痛彻心扉；尤其是通过江山依旧、朝代更替的强烈对比，表达了对故国的深切怀念之情。最后两句"问君能有几多愁？恰似一江春水向东流"把淤积心中的悲愁悔恨一泄而出，成为千古绝唱。这首词首尾采用问答的形式，以明净优美的语言，将一位亡国之君的心理描画得细致入微，是一曲生命哀歌。有记载说，宋太祖赵匡胤见到李煜的词作后大怒，下令将其毒死。

【酒泉子】[北宋]潘阆

长①忆观潮,满郭②人争江上望。来疑沧海尽成空,万面鼓声中③。　弄潮儿④向⑤涛头立,手把红旗旗不湿。别来几向梦中看,梦觉⑥尚⑦心寒⑧。

注 释

①长:通假字,通"常",常常、经常。　②郭:外城,这里指外城以内的范围。　③万面鼓声中:潮来时,潮声像万面金鼓,一时齐发,声势震人。　④弄潮儿:指朝夕与潮水周旋的水手或在潮中戏水的少年人。此处比喻有勇敢进取精神的人。　⑤向:朝着,面对。　⑥觉:睡醒。　⑦尚:还(hái),仍然。　⑧心寒:心里感觉惊心动魄。

提 示

潘阆(？—1009),字梦空,号逍遥子,北宋大名(在今河北)人,一说是扬州(在今江苏)人。他曾参与朝政,后因事被贬,晚年流落江湖,有词作传世。

这首词是潘阆到杭州时,亲眼看到钱塘江涨潮情景后写的。上片回忆观潮盛况,描绘了钱塘江潮涌时惊心动魄的壮美奇观;下片回忆弄潮情景,着力表现弄潮儿踏浪而上、英勇无畏的抗争精神。"弄潮儿向涛头立",成为后人激励迎难奋进者的常用语。全词运用比喻、夸张等手法,营造动人心扉的意境,气势十分豪迈,动人心魄。

【苏幕遮】怀旧

[北宋] 范仲淹

碧云天，黄叶地。秋色连波①，波上寒烟翠。山映斜阳天接水，芳草②无情，更在斜阳外。　　黯乡魂③，追旅思④。夜夜除非，好梦留人睡。明月楼高休独倚。酒入愁肠，化作相思泪。

注释

①"连波"句：此句与唐朝王勃所作《滕王阁序》"秋水共长天一色"意思相同。　②"芳草"二句：意思是感叹故乡遥远，无情的芳草不理解边塞将士的思乡之情，一直延绵到夕阳照不到的地方。　③黯乡魂：黯，形容心情忧郁。乡魂，即思乡的情思。　④追旅思（sī）：撇不开羁旅的愁思。追，追随，缠住不放。旅思，旅居在外的愁思。

提示

作者范仲淹（989—1052），字希文。北宋先邠（今陕西邠县）人，后迁居苏州吴县（今属江苏）。他是北宋杰出的政治家、文学家。在抵御西夏的行动中有功，后担任过宰相，主持过"庆历新政"。其诗文也多有名作，以《岳阳楼记》最为人称道。词作虽仅存五首，却产生了深远影响，还被认为是豪放派的先导。

这首词是范仲淹在西北边塞任职的军中所作，抒发了军旅生活中的思乡之情。上片着重写景，作者以浓墨重彩描绘塞外秋景，展现出一幅辽阔苍茫的边塞画卷。下片重在抒情，抒写边塞将士以酒浇愁、以泪洗面的思乡之情。词作借景抒情，声情并茂，把军士们内心柔情的一面展现在读者面前。其中"碧云天，黄叶地"为传诵至今的名句。

【渔家傲】秋思

—北宋—范仲淹

塞①下秋来风景异,衡阳雁去②无留意。四面边声③连角起。千嶂④里,长烟落日孤城闭。　　浊酒一杯家万里,燕然未勒⑤归无计。羌管⑥悠悠⑦霜满地。人不寐⑧,将军白发征夫泪。

注释

①塞:边界要塞之地,这里指西北边疆。　②衡阳雁去:传说秋天北雁南飞,至湖南衡阳回雁峰而止,不再南飞。　③边声:边塞特有的声音,如大风、号角、羌笛、马啸的声音。　④千嶂:绵延而峻峭的山峰;崇山峻岭。　⑤燕然未勒:指战事未平,功名未立。燕然:即燕然山,今名杭爱山,在今蒙古国境内。《后汉书·窦宪传》记载,东汉窦宪率兵追击匈奴单于,去塞三千余里,登燕然山,刻石勒功而还。　⑥羌管:即羌笛,出自古代西部羌族的一种乐器。　⑦悠悠:形容声音飘忽不定。　⑧寐:睡,不寐就是睡不着。

提示

此词是范仲淹任陕西经略副使兼知延州(今陕西延安市)时所写。这首词为我们展现出西北边塞沉雄壮阔的意境,描绘了戍边将士豪迈悲壮的英雄气概。上片描绘边地荒凉寥廓的景象。下片写戍边战士对建功立业的渴望和对故乡的思念。末句"人不寐,将军白发征夫泪",字字扣人心弦,深沉的忧国爱国情感人肺腑。在这首词里,作者以宏大的手笔,近乎白描的手法,创造出开阔苍凉的意境和鲜明生动的艺术形象,不愧为边塞词的开山之作,也为豪放派的形成奠定了基础。

【画堂春】

[北宋] 张先

外湖莲子长参差①,霓山②青处鸥飞。水天溶漾③画桡④迟⑤,人影鉴⑥中移。 桃叶⑦浅声⑧双唱⑨,杏红深色⑩轻衣⑪。小荷障面⑫避斜晖⑬,分得翠⑭阴⑮归。

注释

①参差:高低不齐。 ②霁(jì)山:雨后山色。 ③溶漾(róng yàng):水波荡漾的样子。 ④画桡(ráo):船桨,这里指画船。 ⑤迟:缓缓。 ⑥鉴:镜子。 ⑦桃叶:晋代王献之有妾名"桃叶",善歌。此处借指歌女。 ⑧浅声:轻婉的歌声。 ⑨双唱:双双唱起。 ⑩深色:加深颜色。 ⑪轻衣:形容极薄的夏装。 ⑫障面:遮面。 ⑬斜晖(huī):偏西的阳光。 ⑭翠:指绿荷。 ⑮阴:阴凉。

作者张先(990—1078),字子野,北宋乌程(在今浙江湖州)人。曾做过安陆知县,故人称"张安陆"。晚年归隐田园。他的词大多反映诗酒生活和男女之情,对都市社会生活也有所反映,语言工巧。

张先出生于江南,对江南的湖光山色和人物风物,有着深厚的情感,因而寄情江南,给以由衷的讴歌和赞叹。这首词是词人夏日游江南湖山所作,将乘船游湖之美写得栩栩如生,跃然纸上。上片主写湖山之美,寥寥数笔,便把一派安详的自然景观呈现在读者面前;下片转写歌女之美,但不是描写其容貌之美,而是着笔于性灵的描写,如梦如幻,别具一格。

【浣溪沙】
[北宋] 晏殊

一曲新词酒一杯①，去年天气旧亭台②。夕阳西下几时回？　无可奈何花落去，似曾相识③燕归来。小园香径④独徘徊⑤。

注释

①一曲新词酒一杯：此句化用白居易《长安道》诗意："花枝缺入青楼开，艳歌一曲酒一杯"。一曲即一首。因为词是配合音乐唱的，故称"曲"。　②去年天气旧亭台：是说天气、亭台都和去年一样。　③似曾相识：好像曾经认识。后来用作成语。　④小园香径：带着幽香的园中小径。　⑤独徘徊：独自来回走。

　　作者晏殊（991—1055），字同叔，北宋抚州临川（在今江西）人。他少有才华，后在朝廷身居要职。词作以写景抒情见长，对后世有较大影响。晏殊与其第七子晏几道在北宋词坛上被称为"大晏"和"小晏"。

　　这首词是作者的代表作，也是晏殊词中最为人称道的名篇。全词抒发了对时光易逝、人生苦短的伤感之情。上片写对酒听歌时触发的情感，表达了对往昔的思念。下片则巧借眼前景物，表达了对当今的感伤。其中"无可奈何花落去，似曾相识燕归来"两句，对仗工整，寓意深刻，所包含的春残花落、好景不长的愁怀，给人以哲学的思考和美的享受，常为后人引用。全词语言晓畅，语意含蓄，全篇虽无一字正面表述离别之情，却处处有一种景物依旧、人事全非的叹恨，发人深思。

【蝶恋花】

[北宋]晏殊

槛①菊愁烟兰泣露。罗幕②轻寒,燕子双飞去。明月不谙③离恨④苦,斜光到晓穿朱户⑤。　昨夜西风凋碧树⑥。独上高楼,望尽天涯路。欲寄彩笺⑦无尺素⑧,山长水阔知何处?

注释

①槛(jiàn):古建筑在轩斋四面房基上围的木栏,称为槛。
②罗幕:用丝罗做的帷幕。　③不谙(ān):不了解,没有经验。谙:熟悉,精通。　④离恨:一作"离别"。　⑤朱户:也称朱门,指大户人家。　⑥凋:衰落。碧树:绿树。　⑦彩笺:彩色的信笺。　⑧尺素:书信的代称。古人写信用素绢,通常长约一尺,故称尺素,语出《古诗十九首》。无:一作"兼"。

提示

　　此词是作者深秋时节怀念故人时写的。在婉约派词人同类作品中,这一首盛名远扬,也是晏殊的代表作之一。上片写庭园中景物,通过对槛菊、罗幕、明月、朱户的描述,将主人公的离恨之情和盘托出;下片描写主人公高楼独上,望眼欲穿的急切神态,加上欲给心上人寄信无门的无奈,将无限愁苦的心情写得惟妙惟肖。

　　词中"昨夜西风凋碧树,独上高楼,望尽天涯路"三句,尽管包含望而不见的伤离情绪,但感情悲壮,语言纯净,因而成为从来少有的绝妙佳句。近代国学大师王国维所言"古今之成大事业、大学问者,必须经过三种境界"的第一种境界,就用这三句话代表,形容学海无涯,只有勇于攀登,才能找到要达到的目标;只有不惧孤独寂寞,勇于探索,才能到达成功的彼岸。全词情致含蓄,视野辽远空旷,将离愁别恨一并容纳词中。

【破阵子】 [北宋] 晏殊
春景

燕子来时新社①，梨花落后清明。池上碧苔②三四点，叶底黄鹂一两声，日长飞絮③轻。　巧笑④东邻女伴，采桑径里逢迎⑤。疑怪昨宵春梦好，元是今朝斗草赢，笑从双脸生。

注 释

①新社：社日是古代为祈求丰收，祭拜土地神的日子，有春社和秋社两个。新社即春社，时间在立春后、清明前。　②碧苔：碧绿色的苔草。　③飞絮：飘荡着的柳絮。　④巧笑：形容少女美好的笑容。　⑤逢迎：碰头，相逢。

古代女子在社日和清明时节可以停止劳作，做一些斗草、踏青、荡秋千之类的游戏。这首词就是以春社为背景所写，反映出清纯少女身上显示的青春活力，充满着欢乐祥和的气氛。上片写自然景物。通过对燕子、梨花、碧苔和黄鹂的描写，写足妖娆媚人的春色，洋溢着淳朴的乡间泥土的芳香。尤其"三四点""一两声"，巧用数字组词，简洁明快。下片写乡间人物。烂漫的春色中，纯朴可爱的村姑，天真幼稚的心态，与上片生气盎然的春光相呼应，勾勒出一幅欢快和美的画面。全词纯用白描手法，笔调清新活泼，形象生动，将春天的生命写得活灵活现。

【望海潮】

[北宋] 柳永

东南形胜，三吴①都会，钱塘②自古繁华。烟柳画桥，风帘翠幕，参差③十万人家。云树绕堤沙。怒涛卷霜雪，天堑④无涯。市列珠玑⑤，户盈罗绮竞豪奢。　　重湖⑥叠巘⑦清嘉，有三秋⑧桂子，十里荷花。羌管⑨弄晴，菱歌泛夜，嬉嬉钓叟莲娃。千骑拥高牙⑩。乘醉听箫鼓，吟赏烟霞。异日图将好景，归去凤池⑪夸。

注　释

①三吴：即吴兴、吴郡、会稽三郡，在这里泛指今江苏南部和浙江的部分地区。一作江吴。　②钱塘：即今浙江杭州，古时候吴国的一个郡。　③参差（cēn cī）：大约的意思。　④天堑：这里指钱塘江。　⑤珠玑：珠是珍珠，玑是一种不圆的珠子。这里泛指珍贵的商品。　⑥重湖：以白堤为界，西湖分为里湖和外湖，所以也叫重湖。　⑦巘（yǎn）：大山上的小山。　⑧三秋：秋季，亦指秋季第三月，即农历九月。　⑨羌（qiāng）管：即羌笛，羌族之簧管乐器。　⑩高牙：高矗的牙旗。牙旗，将军之旌，竿上以象牙装饰，故称牙旗。这里指高官孙何。　⑪凤池：全称凤凰池，原指皇宫禁苑中的池沼。此处指朝廷。

提　示

作者柳永（约987—1053），原名三变，字景庄，后改名永，字耆卿，排行第七，又称柳七。北宋崇安（今福建武夷山）人。他是婉约派代表词人之一，为人放荡不羁，终身潦倒，以毕生精力作词。其词多描绘城市风光和歌妓生活，尤长于抒写羁旅行役之情，创作的慢词长调很多。他的词铺叙刻画，情景交融，语言通俗，音律谐婉，在当时流传极其广泛，人称"凡有井水饮处，皆能歌柳词"，对宋词发展有重大影响。

这是一首干谒诗，干谒诗是古代文人为推销自己而写的一种诗歌，类似于现代的自荐信。柳永一直不得志，迫切希望得到他人提拔。他到杭州后，得知老友孙何正任两浙转运使，便前往拜会。无奈孙何门禁甚严，无法见到。于是柳永写了这首词，请当地著名歌女进去为孙何演唱。孙何得知这首词的作者是柳永时，请他吃了一顿饭，便打发走了，也没有提拔他。

这首词赞颂了杭州和西湖的美。上片是对杭州的总体介绍。由都市地理位置、历史地位到市内街巷河桥、郊外钱塘江潮，将杭州的美丽和奢华呈现在读者面前。下片通过一幅幅栩栩如生的画卷，分别展现西湖的秀美，展现市民百姓和达官贵人游览西湖的盛况。全词采用以点带面、明暗交叉的方法，以激越的声调写景，是柳永久负盛名的代表作之一。特别是由数字组成的词组，如"三吴都会""十万人家""三秋桂子""十里荷花""千骑拥高牙"等，以夸张的语气，高度凝练的语言，展示恢宏的气势，充分体现柳永式的词风。

【雨霖铃】

[北宋] 柳 永

寒蝉凄切,对长亭①晚,骤雨初歇。都门②帐饮③无绪④,留恋处⑤、兰舟⑥催发。执手相看泪眼,竟无语凝噎。念去去⑦、千里烟波,暮霭⑧沉沉⑨楚天⑩阔。 多情自古伤离别,更那堪,冷落清秋节。今宵酒醒何处?杨柳岸、晓风残月。此去经年⑪,应是良辰好景⑫虚设。便纵⑬有千种风情⑭,更⑮与何人说?

注释

①长亭：古代在交通要道边，每隔十里修建一座长亭供行人休息，又称"十里长亭"。古人常在靠近城市的长亭里送别亲朋。 ②都门：国都之门。这里代指北宋首都汴京（今河南开封）。 ③帐饮：在郊外设帐饯行。 ④无绪：没有情绪。 ⑤留恋处：一作"方留恋处"。 ⑥兰舟：古代传说鲁班曾刻木兰树为舟。这里是对船的美称。 ⑦去去：重复"去"字，表示行程遥远。 ⑧暮霭：傍晚的云雾。 ⑨沉沉：深厚的样子。 ⑩楚天：指南方楚地的大空。 ⑪经年：年复一年。 ⑫好景：一作"美景"。 ⑬纵：即使。 ⑭风情：情意。此指男女相爱之情。情：一作"流"。 ⑮更：一作"待"。

提示

此为柳永著名的代表作，宋元时期流行的"宋金十大曲"之一。这首词是作者在仕途失意，于清秋时节离开京都（汴京，今河南开封）南下，与情人长亭送别时写的。此词上片通过对惜别场面的描述，表达了难以割舍的离情。从日暮雨歇，送别都门，设帐饯行，到兰舟催发，泪眼相对，执手告别，伤心情景依次展示，离情别绪令人心碎。下片就别后的凄楚景象展开想象。其中"今宵酒醒何处？杨柳岸、晓风残月。"两句用景来写情，给人以奇妙无比的感觉。末尾以反问句作结，让人回味无穷。作者以神妙之笔，刻画离别之人的抑郁心情和失去爱情的痛苦，声情并茂，一波三折，令人愁肠寸断，极易引起强烈的共鸣。这首词因此成为离别词的传世之作。

蝶恋花

[北宋] 柳永

伫倚危楼①风细细,望极②春愁,黯黯③生天际④。草色烟光⑤残照里,无言谁会⑥凭阑⑦意。　拟把⑧疏狂⑨图一醉,对酒当歌,强乐⑩还无味。衣带渐宽⑪终不悔,为伊消得⑫人憔悴。

注释

①伫(zhù)倚危楼:长时间倚靠在高楼的栏杆上。伫,久立。危楼,高楼。　②望极:极目远望。　③黯(àn)黯:心情沮丧忧愁。　④生天际:从遥远无边的天际升起。　⑤烟光:飘忽缭绕的云霭雾气。　⑥会:理解。　⑦阑:同"栏"。　⑧拟把:打算。　⑨疏狂:狂放不羁。　⑩强(qiǎng)乐:勉强欢笑。　⑪衣带渐宽:指人逐渐消瘦。　⑫消得:值得。

　　这是一首著名的怀人之作。上片写主人公登高望远,通过描写春风迎面,夕阳斜照,草色蒙蒙等景物,营造悲凉气氛,生发无限忧愁。下片写主人公为消解离愁,决意痛饮狂歌,一醉方休。但强颜欢笑终觉无味,发誓甘愿为思念心上人而日渐消瘦憔悴,表达了坚贞不渝的爱情和矢志不渝的品格。

　　近代学者王国维在《人间词话》中说:古今之成大事业、大学问者,必经过三种境界,以"衣带渐宽终不悔,为伊消得人憔悴"为第二种境界,表达了为实现崇高目标不畏艰辛的坚定意志。这两句也因此成为脍炙人口的名句。

【八声甘州】

[北宋] 柳 永

对潇潇①暮雨洒江天,一番洗清秋②。渐霜风凄紧③,关河冷落,残照当楼。是处红衰翠减④,苒苒⑤物华休。惟有长江水,无语东流。　　不忍登高临远,望故乡渺邈⑥,归思难收。叹年来踪迹,何事苦淹留⑦?想佳人、妆楼颙望⑧,误几回、天际识归舟⑨。争⑩知我、倚阑杆处,正恁⑪凝愁⑫!

注 释

①潇潇:风雨之声。 ②一番洗清秋:一番风雨,洗出一个凄清的秋天。 ③霜风凄紧:秋风凄凉紧迫。霜风,秋风。凄紧,一作"凄惨"。 ④是处红衰翠减:到处花草凋零。是处:到处。红、翠:指代花草树木。 ⑤苒(rǎn)苒:渐渐。 ⑥渺邈:遥远。 ⑦淹留:久留。 ⑧颙(yóng)望:抬头远望。 ⑨误几回、天际识归舟:多少次错把远处驶来的船当作心上人回家的船。 ⑩争:怎。 ⑪恁(nèn):如此。 ⑫凝愁:忧愁凝结不解。

提 示

作者常年宦游在外,于清秋时节,举目远望,感叹自己的漂泊生涯,不禁想起闺中情人,因而写下这首词表达怀念之情。此词大约写于他游历江浙的时候。

上片写观景。作者登高临远,但见潇潇暮雨、霜风凄紧,关河冷落,残照当楼,顿生悲凉之感;下片于缠绵的离情中带有伤感之景,前后情景交相辉映,表达了对亲人和故乡的思念。下片妙处还在于,词人本是自己登高远眺,却联想到故园里的闺中情人,此刻也正登楼望远,盼望游子归来。二人遥相对望又不能相聚;此情此景,怎不叫人伤心至极!这首词将写景抒情融为一体,把这思乡怀人之情表达得酣畅淋漓;通篇结构严密,首尾呼应,很能体现柳永词的艺术特色。

采桑子

[北宋] 欧阳修

春深雨过西湖好，百卉争妍。蝶乱蜂喧，晴日催花暖欲然。　　兰桡①画舸②悠悠③去，疑是神仙。返照波间，水阔风高扬管弦④。

注释

①兰桡：小舟的美称。　②画舸：画船。　③悠悠：辽阔无际，遥远。　④管弦：乐器。

作者欧阳修（1007—1072），字永叔，号醉翁，晚年号"六一居士"。北宋吉安（在今江西）人，生于绵州（在今四川）。他是著名的文学家、史学家，北宋文坛领袖，"唐宋八大家"之一。一生阅历丰富，仕途坎坷，数遭贬谪，在诗文上取得杰出成就。其词偏于婉丽，与其诗文风格有所不同。

欧阳修曾在颍州居住三年多，对与杭州西湖齐名的全国四大名湖之一的颍州西湖，产生了深厚感情，写下纪游写景的组词《采桑子十首》，是其一大力作。这是其中第二首。这首词描写的是迷人的暮春景象：上片围绕"西湖好"的赞语，层层描画出一幅"残春图"，热情赞扬残春之美。下片写游人散去后的幽静场景，"春空"二字创造出寂静、空阔的意境，抒发了作者寄情湖山的闲适心情。作品格调清丽明快，平易自然。

【踏莎行】

[北宋] 欧阳修

候馆①梅残，溪桥柳细，草薰②风暖摇征辔③。离愁渐远渐无穷，迢迢④不断如春水。　　寸寸柔肠⑤，盈盈⑥粉泪⑦，楼高莫近危阑⑧倚。平芜⑨尽处是春山，行人更在春山外。

注 释

①候馆：迎宾候客的场馆。　②草薰：小草散发的清香。薰，香气侵袭。　③征辔（pèi）：行人坐骑的缰绳。辔：缰绳。　④迢迢：形容遥远的样子。　⑤寸寸柔肠：柔肠寸断，形容愁苦到极点。　⑥盈盈：泪水充溢眼眶之状。　⑦粉泪：泪水流到脸上，与粉妆和在一起。　⑧危阑：也作"危栏"，高楼上的栏杆。　⑨平芜：平坦地向前延伸的草地。芜，草地。

提 示

这是欧阳修的一首抒写离情别愁的名篇。上片即景抒情。通过远方游子在旅途中见到的候馆、溪桥，梅残、柳细，写出初春景色的明媚可爱；接着化虚为实，将愁思比喻为春水，"迢迢不断"，把离情别绪表现得更加浓烈。下片转写家乡心上人对远方游子的思念。游子在无尽的离愁中，推想远在家乡的心上人"寸寸柔肠""盈盈粉泪"的模样，想到她登高远望而又不得见的愁苦必定更深。末两句"平芜尽处是春山，行人更在春山外"，此处重复使用"春山"二字，使人遥想被"春山"隔离的相思之苦，不知让多少别离之人为之动容！全词婉转凄凉，情深意远。

【桂枝香】 金陵①怀古

[北宋] 王安石

登临送目②,正故国③晚秋,天气初肃④。千里澄江似练⑤,翠峰如簇⑥。征帆去棹⑦残阳里,背西风,酒旗斜矗⑧。彩舟⑨云淡,星河⑩鹭⑪起,画图难足⑫。　念往昔、繁华竞逐⑬。叹门外楼头⑭,悲恨相续⑮。千古凭高⑯对此,谩嗟荣辱⑰。六朝⑱旧事随流水,但寒烟、衰草⑲凝绿。至今商女⑳,时时犹唱,后庭遗曲㉑。

注释

①金陵:今江苏南京。　②登临送目:登山临水,举目望远。送目:远目,望远。　③故国:即故都,旧时的都城。金陵为六朝故都,故称故国。　④初肃:天气刚开始萧肃。肃,萎缩、肃杀,形容草木枯落,天气寒而高爽。　⑤千里澄江似练:形容长江像一匹长长的白绢。练:白绢。　⑥如簇:这里指群峰好像丛聚在一起。簇,丛聚。　⑦征帆去棹(zhào):往来的船只。棹,划船的一种工具,形似桨,也可引申为船。　⑧斜矗:斜插。矗,直立。　⑨彩舟:指带人玩乐的河上小船。　⑩星河:天河,这里指秦淮河。　⑪鹭:白鹭,一种水鸟。　⑫画图难足:用图画也难以完美地表现它。难足:难以完美地表现出来。　⑬繁华竞逐:指六朝的达官贵人争着过豪华的日子。　⑭门外楼头:指南朝陈亡国的惨剧。语出杜牧《台城曲》:"门外韩擒虎,楼头张丽华。"韩擒虎是隋朝开国大将,统兵伐陈,他已带兵来到金陵朱雀门(南门)外,陈后主还在与他的宠妃张丽华于结绮阁上寻欢作乐。陈后主、张丽华被韩俘获,陈亡于隋。　⑮悲恨相续:指六朝亡国的悲恨,接连不断。　⑯凭高:登高。这是说作者登上高处远望。　⑰漫嗟荣辱:空叹历朝兴衰。　⑱六朝:指三国吴、东晋、南朝宋、齐、梁、陈六个朝代。它们都建都金陵。　⑲衰草:一作"芳草"。　⑳商女:酒楼茶坊的歌女。　㉑后庭遗曲:指歌曲《玉树后庭花》,传为陈后主所作,其辞浮艳柔弱,后人将它看成亡国之音。最后三句化用杜牧《泊秦淮》"商女不知亡国恨,隔江犹唱《后庭花》"诗意。

作者王安石（1021—1086），字介甫，号半山。因被封荆国公，世人又称"王荆公"。北宋临川（在今江西）人。他是著名的政治家、思想家、文学家，主持过"熙宁变法"（王安石变法）。在文学上以诗文著称，为"唐宋八大家"之一。词作不多，风格大气开阔。

《金陵怀古》是王安石在江宁府任职时所作。词作通过描写金陵景物，感叹历史兴衰，刻画了一个关心国家大事、担忧当代朝政的政治家形象。上片写景。描述作者登临金陵故都所见。通过对水面、陆地和空中场面的细致描述，展现出一个苍凉高远的境界。下片抒怀。通过对金陵历史的回顾和对现实的检阅，表达出作者对国家前景深深的忧虑，不禁发出与唐代诗人杜牧"商女不知亡国恨，隔江犹唱《后庭花》"同样的沉重叹息。全词寓情于景，情景交融，以悲壮的格调，创造出高远的境界，是豪放词派的早期代表作。

菩萨蛮

[北宋] 王安石

数间茅屋闲①临水,窄衫短帽②垂杨里。花是去年红,吹开一夜风。　梢③梢新月④偃⑤,午醉醒来晚。何物最关情⑥,黄鹂三两声。

注释

①闲:悠闲,闲适。　②窄衫短帽:指便装衣帽。　③梢:树梢。　④新月:农历月初形状如钩的月亮。　⑤偃:息卧。　⑥关情:使人动情。

提示

这首词是作者晚年罢相后,隐居江宁(今南京)钟山半山园时所作,表现退隐后的闲适生活。此作最大的特点是集唐人的诗句为词。如第一句用的是刘禹锡《送曹璩归越中旧隐诗》中的"数间茅屋闲临水,　盏秋灯夜读书"。作者变诗为词,巧妙组合,创造出新的意境,还很符合作者的现状。王安石从宰相位子退下来,便把自己当一般百姓看待,"数间茅屋""窄衫短帽",中午一觉睡到下午,最有情趣的是听鸟叫,这都表现了作者超脱的状态。作品使人感到心地放松,很舒展。至于词里有没有对新法被废除表示遗憾,或是对当权者不满,那应是深层次的题外话。

【卜算子】送鲍浩然①之浙东

[北宋]王观

水是眼波横②,山是眉峰聚③。欲④问行人⑤去那边?眉眼盈盈处⑥。　　才始⑦送春归,又送君归去。若到江南赶上春,千万和春住。

注释

①鲍浩然:生平不详,词人的朋友,家住浙江东路,简称浙东。②水是眼波横:水像美人流动的眼波。眼波:比喻目光似流动的水波。　③山是眉峰聚:山就像美人蹙起的眉毛一样。④欲:想,想要。　⑤行人:指词人的朋友鲍浩然。　⑥眉眼盈盈处:一说比喻山水交汇的地方,另有说是指鲍浩然前去与心上人相会。盈盈:美好的样子。　⑦才始:方才的意思。

提 示

作者王观(1035—1100),字通叟,北宋如皋(在今江苏)人,一说高邮人。他曾经在朝廷和地方为官,后因写此词得罪当权者,被免职。

这是一首送别词,题目一作《别意》。春末时节,作者在越州大都督府,送别即将回家乡(浙东)的好友鲍浩然。人们常用"秋波"来比喻女人漂亮的眼睛。这首词上片却大胆反用,以眼喻水,以眉喻山,生动地表达了作者与友人的惜别深情,耐人寻味。下片抒怀。作者别出心裁地把送春和送人联系在一起,既抒发了难以言状的离愁别绪,又表达了对友人的深情祝福。这首词设喻新奇,构思极富创意,在送别词中独具特色。

【少年游】

[北宋] 晏几道

离①多最是②，东西流水③，终解④两相逢。浅情⑤终似⑥，行云⑦无定，犹到梦魂中。　　可怜⑧人意，薄于云水，佳会⑨更难重⑩。细想从来，断肠⑪多处，不与这番⑫同。

注释

①离：分离、离别。　②最是：最像。　③东西流水：水向东西两方流去。　④终解：最终。　⑤浅情：浅淡的感情。　⑥终似：好像。　⑦行云：飘动的云。　⑧可怜：可惜。　⑨佳会：美好的相会。　⑩重：再现。　⑪断肠：指分离的痛苦。　⑫这番：这一回。这，一作"者"。

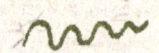

提示

作者晏几道（1038—1110），字叔原，号小山，北宋抚州临川（在今江西）人。他是晏殊第七子，做过地方官，但仕途不顺，加上家境衰落，养成孤傲深沉的性格。在词的创作上，与其父晏殊合称"二晏"，是婉约派的重要作家。他的词长于言情，语言清雅不俗，多写爱情生活，感情细腻。

这首《少年游》写的是分离之苦，含有对情感生活的不解和疑惑。人与人，尤其是青年男女之间，感情易变，时冷时热，分分合合，作者对此感到伤心。他把二人分离与流水、行云相比。水流东西，还能再汇合；行云不定，但可以在梦中相见。可惜人之间还不如水和云，分别了再难相会。回想以往虽经历多次分离之苦，但都跟此次不一样。本词上下片的句式、字数完全相同，四组"四四五"，写起来容易呆板。晏几道用比喻方法，又注入个人情绪，层层推进，写得富于变化，显示出深厚功力。

【江城子】

[北宋] 苏轼

乙卯①正月二十日夜记梦

十年②生死两茫茫,不思量③,自难忘。千里孤坟④,无处话凄凉。纵使⑤相逢应不识,尘满面,鬓如霜⑥。　夜来幽梦⑦忽还乡,小轩窗⑧,正梳妆。相顾⑨无言,惟有泪千行。料得⑩年年肠断处⑪,明月夜,短松冈⑫。

注　释

①乙卯(mǎo):1075年,即宋神宗熙宁八年。　②十年:指结发妻子王弗去世已十年。　③思量:想念。　④千里:王弗葬地四川眉山,与苏轼任所山东密州相隔遥远,故称"千里"。孤坟:苏轼妻子王氏的坟墓。　⑤纵使:即使。　⑥尘满面,鬓如霜:形容饱经沧桑,面容憔悴。　⑦幽梦:隐隐约约的梦境。　⑧小轩窗:指小室的窗前。小轩:有窗槛的小屋。　⑨顾:看。　⑩料得:料想,想来。　⑪肠断处:一作"断肠处"。　⑫明月夜,短松冈:苏轼葬妻的地方。短松:矮松。

　　作者苏轼（1037—1101），字子瞻，又字和仲，号东坡居士，世称"苏东坡"。北宋眉州眉山（在今四川）人。他是北宋时期的政治风云人物，但一生坎坷，起伏不定。同时又是当时的大文豪，在散文、诗词、书法、绘画等方面，都有杰出成就，与父亲苏洵、弟弟苏辙合称"唐宋八大家"中的"三苏"，对后世产生很大影响。他是词中豪放派的代表人物，词作气势磅礴，洒脱大气。

　　此词是一首悼亡词，是苏轼为悼念原配妻子王弗写的。苏轼十九岁时与年方十六的王弗结婚。王弗年轻貌美，二人恩爱情深。可惜王弗二十七岁去世，苏轼悲痛欲绝，十年之后写下了这首词。上片写实。用饱蘸血泪的文字，表达了对亡妻无尽的思念。下片写梦。抒写作者在梦境中与亡妻相会的情景，虽说"相顾无言"，却是"此时无声胜有声"，"惟有泪千行"。尤其最后三句，作者料想自己年年在亡妻坟前祭奠的场景，更是让人愁肠寸断，悲伤至极。这首词采用白描手法和自然平淡的语言，营造一种哀婉凄凉的氛围，烘托悲苦之情，细品含意深远，耐人寻味。

【江城子】

[北宋]苏轼

密州①出猎

老夫聊发少年狂,左牵黄,右擎苍②。锦帽貂裘,千骑卷平冈。为报③倾城④随太守,亲射虎,看孙郎⑤。　　酒酣胸胆尚开张,鬓微霜,又何妨?持节云中,何日遣冯唐⑥?会⑦挽雕弓如满月,西北望,射天狼⑧。

注释

①密州:现在山东诸城。 ②左牵黄,右擎苍:左手牵着黄狗,右臂擎着苍鹰。 ③为报:为了报答大家追随的盛意。 ④倾城:有万人空巷,看热闹的意思。 ⑤亲射虎,看孙郎:取自孙权射虎的典故。孙权曾骑马射虎,马被虎抓伤,他用长枪投刺,虎被吓退。此处是苏轼以孙权自比。 ⑥持节云中,何日遣冯唐:此处借用冯唐的典故。汉文帝时,云中太守魏尚打败匈奴上书报功,因杀敌数目与实际数字略有出入而被削职。郎官冯唐向文帝直言劝谏,文帝便派他拿着符节去赦免魏尚,复任云中太守。这句是说,作者希望像魏尚那样,得到朝廷重新重用。节:兵符,古代使节用以取信的凭证。持节,指奉有朝廷重大使命。 ⑦会:将要。 ⑧天狼:指天狼星,该星在天空的西北方,主侵略,在词中指西夏军队。

 提示

　　这首词作于1075年（神宗熙宁八年）冬天，当时作者在密州（今山东诸城）任知州。词作记述了他一次打猎时的情景，是宋人较早抒发爱国情怀的一首豪放词。词的上片叙事。作者通过对自己"狂"态的描写，一展出猎时的壮阔场景：雄姿英发的样子豪气四溢，英雄气概直冲云天。下片抒情。作者猎后开怀畅饮，尽吐衷肠：国力不振，外敌入侵，联想到自己怀才不遇的处境，希望朝廷能够派遣像冯唐一样的使臣，前来召己回朝，委以重任，奔赴前线去杀敌立功。"烈士暮年，壮心不已"的英雄本色袒露无遗。全词以一个"狂"贯穿，气势雄豪，酣畅淋漓，充满阳刚之美，令人耳目一新，是苏轼豪放词中的经典之作。

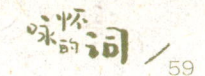

【水调歌头】

丙辰①中秋，欢饮达旦②，
大醉，作此篇，兼怀子由③。

[北宋] 苏 轼

明月几时有？把酒④问青天。不知天上宫阙⑤，今夕是何年。我欲乘风归去⑥，又恐琼楼玉宇⑦，高处不胜⑧寒。起舞弄清影⑨，何似在人间！　转朱阁，低绮户，照无眠⑩。不应有恨，何事长向别时圆⑪？人有悲欢离合，月有阴晴圆缺，此事⑫古难全。但愿人长久，千里共婵娟⑬。

注释

①丙辰：指1076年（宋神宗熙宁九年）。这一年苏轼在密州（今山东省诸城市）任知州。 ②达旦：到天亮。 ③子由：苏轼的弟弟苏辙的字。 ④把酒：端起酒杯。把，执、持。 ⑤天上宫阙（què）：指月中宫殿。阙：古代城墙后的石台。 ⑥归去：回去，这里指回到月宫里去。 ⑦琼（qióng）楼玉宇：用美玉砌成的楼宇，指想象中的仙宫。 ⑧不胜（shèng，旧时读shēng）：经不住，承受不了。胜：承担、承受。 ⑨弄清影：意思是在月光下舞动身影，自我欣赏。弄：玩弄、欣赏的意思。 ⑩转朱阁，低绮（qǐ）户，照无眠：月儿转过朱红色的楼阁，低低地挂在彩绘雕花的窗户上，照着无法入眠的词人。 ⑪不应有恨，何事长（cháng）向别时圆：月亮不该有什么怨恨吧，为什么总是在人们分别的时候圆呢？何事：为什么。 ⑫此事：指人的"欢""合"和月的"晴""圆"。 ⑬千里共婵娟（chán juān）：希望相隔千里的两人，也能一起在这皎洁的月光下欣赏美景。共：一起欣赏。婵娟：指月亮。

中秋之夜，凉风习习，皓月当空。正在密州任知州的苏轼饮酒赏月，直到次日凌晨。面对一轮明月，他心潮起伏，乘着醉意，挥笔写下这首脍炙人口的名篇，表达了对多年未得团聚的弟弟苏辙的深切怀念之情。作品揭示了"月有阴晴圆缺"的自然常理和"人有悲欢离合"的人间常情，体现了作者襟怀开阔、积极向上的乐观精神。

词作上片问月，从对月亮的奇思妙想入手，天上和人间，幻想和现实，出世和入世，交相出现。相比之下，他还是觉得"高处不胜寒"，做出了立足现实，享受人间温情的选择，表达了对人生的执着信念。下片怀人，通过对月亮的深入描述，认为人生不求长聚，只要两心相照，明月与共，便是人生美好境界。结语"但愿人长久，千里共婵娟"，寄托着对弟弟的殷切思念，表达了对人生悲欢离合的豁达态度。这首词用丰富的想象，把人带入浩渺高远的境界，不愧为中秋词中的上乘之作。

定风波

[北宋]苏轼

三月七日沙湖①道中遇雨,雨具先去,同行皆狼狈,余独不觉。已而遂晴,故作此。

莫听穿林打叶声②,何妨吟啸③且徐行。竹杖芒鞋④轻胜马,谁怕?一蓑烟雨任平生⑤。　料峭⑥春风吹酒醒,微冷。山头斜照⑦却相迎。回首向来⑧萧瑟⑨处,归去,也无风雨也无晴⑩。

注释

①沙湖:在今湖北黄冈东南三十里。苏轼被贬黄州(今湖北黄冈)后,准备在沙湖买田终老。　②穿林打叶声:指大雨点透过树林打在树叶上的声音。　③吟啸:吟咏长啸,即指作者填词时的样子。　④芒鞋:草鞋。　⑤一蓑(suō)烟雨任平生:披着蓑衣在风雨里过一辈子也处之泰然。蓑:蓑衣,用一种叫蓑草的植物或棕片编织的像衣服一样的雨具。　⑥料峭:微寒的样子。　⑦斜照:偏西的阳光。　⑧向来:方才。　⑨萧瑟:风吹雨落的声音。　⑩也无风雨也无晴:风雨天气和晴朗天气都同样对待。

这首词作于苏轼被贬官黄州之后的第三年春天。一次，词人与朋友春日出游，突遇风雨来临，朋友深感狼狈，作者却毫不在乎，泰然处之，并吟咏此词以抒感怀。

　　词作紧扣途中遇雨这样一件生活小事，抒写自己当时的内心感受。上片写雨中的情景和感受。"一蓑烟雨任平生"，表现出作者藐视风雨、旷达超脱的胸襟。下片写雨后天晴的情景和体验。末尾三句，蓦然回首，"也无风雨也无晴"，作者以自己的亲身体悟告诉人们：在遇到自然界的风雨和政治上的风雨（指贬官后的生活）时，都要不畏坎坷，勇敢面对。这首词给人以蓬勃向上的力量，表达了作者笑傲人生、超凡脱俗的人生态度。全篇即景抒情，情景交融；语言平中见奇，质朴流畅。

【浣溪沙】

[北宋] 苏轼

游蕲水①清泉寺，寺临兰溪，溪水西流。

山下兰芽短浸溪②，松间沙路净无泥。潇潇③暮雨子规④啼。　谁道人生无再少⑤？门前流水尚能西。休将白发唱黄鸡⑥。

注释

①蕲（qí）水：县名，今湖北浠水县。清泉寺：寺名，在浠水县城外。　②短浸溪：指初生的兰芽浸润在溪水中。　③潇潇：形容雨声。一作"萧萧"。　④子规：杜鹃鸟，相传为古代蜀帝杜宇之魂所化，亦称"杜宇"，鸣声凄厉，诗词中常借以抒写羁旅之思。　⑤无再少：不能回到少年时代。　⑥白发唱黄鸡：感叹时光的流逝，人生不可能长久。

提示

　　这首词是1082年（宋神宗元丰五年）春三月，作者游蕲水清泉寺时所作。当时，苏轼因用诗文讽喻朝廷新法，被贬任黄州（今湖北黄冈）团练副使。

　　此词描写雨中的南方初春景色，表达作者虽处困境但乐观向上的人生态度，洋溢着老当益壮、自强不息的奋斗精神。上片写暮春三月，兰溪明丽的风光景色和雅淡清美的自然环境；下片触景生情，抒发昂扬向上的人生感悟："谁道人生无再少""休将白发唱黄鸡"！作者在被贬的逆境中，让人听到的不是感伤和低沉的悲歌，而是如此催人奋进的强音，实在难能可贵。

【念奴娇】赤壁①怀古

[北宋] 苏轼

大江②东去,浪淘③尽、千古风流人物④。故垒⑤西边,人道是、三国周郎⑥赤壁。乱石穿空,惊涛拍岸,卷起千堆雪⑦。江山如画,一时多少豪杰! 遥想⑧公瑾当年,小乔初嫁了⑨,雄姿英发⑩。羽扇纶巾⑪,谈笑间、樯橹⑫灰飞烟灭。故国神游⑬,多情应笑我、早生华发⑭。人生如梦,一尊还酹江月⑮。

注 释

①赤壁：此指黄州赤壁，一名"赤鼻矶"，在今湖北黄冈西。而三国古战场的赤壁，有人认为在今湖北赤壁市蒲圻县西北。　②大江：指长江。　③淘：冲洗，冲刷。　④风流人物：指历史上杰出的名人。　⑤故垒：过去遗留下来的营垒。　⑥周郎：指三国时吴国名将周瑜，字公瑾，少年得志，后掌管东吴重兵，有"周郎"之称。下文中的"公瑾"，即指周瑜。　⑦雪：比喻浪花。　⑧遥想：形容想得很远。　⑨小乔初嫁了(liǎo)：是说小乔刚刚嫁给周瑜。　⑩雄姿英发(fā)：是说周瑜体貌英俊，英气勃发。　⑪羽扇纶(guān)巾：古代儒将的便装打扮。手拿用羽毛制成的扇子，头戴用青丝制成的丝巾。　⑫樯橹(qiáng lǔ)：代指曹操的水军战船。樯：挂帆的桅杆。橹：一种摇船的桨。"樯橹"一作"强虏"，又作"樯虏"，又作"狂虏"。　⑬故国神游："神游故国"的倒文。故国：这里指当年的赤壁战场。神游：在想象、梦境中游历四方。　⑭"多情"二句："应笑我多情，早生华发"的倒文。华发(fà)：花白的头发。　⑮一尊还酹(lèi)江月：古人祭奠以酒浇在地上祭奠。这里指通过洒酒酬月，来寄托自己的感情。尊：同"樽"，酒杯。酹：把酒浇在地上，表示祭奠。

提　示

　　这首词是作者游赏黄州（今湖北黄冈）城外的赤壁矶时所写。当时，他被贬官到黄州已两年多。为消解心中郁闷，他便四处游山玩水。当来到赤壁大战的古战场时，他面对滚滚长江，回念历史和人生，不禁心潮激荡，思绪滚滚而来，挥笔写下这首千古词章。

　　上片写景。作者将月夜江上壮景和历代英雄人物相联系，加以浓墨重彩的描绘，意境开阔，荡人心魄。下片抒情。作者追忆当年周瑜的雄才大略和非凡功业，联想自己命运多舛、老大无成的人生际遇，不禁发出"多情应笑我、早生华发"的慨叹。其中既有对时光易逝、人生苦短的哀怨，又有壮志未酬、心有不甘的沉郁。结句"人生如梦，一尊还酹江月"，则表达了作者豁达开朗的胸怀，洋溢着积极向上的豪迈之气。全词将写景、咏史、抒情三者结合起来，以雄健的笔力，谱写了一曲大气磅礴的英雄赞歌，被誉为"古今绝唱"，是苏轼豪放词的代表作。

【水调歌头】

黄州快哉亭① 赠张偓佺

[北宋] 苏轼

落日绣帘卷,亭下水连空。知君为我新作,窗户湿青红②。长记平山堂③上,欹枕④江南烟雨,渺渺没孤鸿。认得醉翁⑤语,山色有无中⑥。　一千顷,都镜净,倒碧峰⑦。忽然浪起,掀舞一叶⑧白头翁⑨。堪笑⑩兰台公子⑪,未解庄生⑫天籁⑬,刚道⑭有雌雄⑮。一点浩然气,千里快哉风⑯。

注 释

①快哉亭:在黄州的江边,张怀民(字偓佺)修建。　②湿青红:谓漆色鲜润。　③平山堂:宋仁宗庆历八年(1048年),由作者的恩师欧阳修在扬州所建。其文化内蕴的丰富和文化层次的高雅,为当时文化人群体共同认可。　④欹枕:谓卧着可以看。　⑤醉翁:欧阳修别号。　⑥山色有无中:出自欧阳修《朝中措·平山栏槛倚晴空》。　⑦倒碧峰:碧峰倒影水中。　⑧一叶:指小舟。　⑨白头翁:指老船夫。　⑩堪笑:可笑。　⑪兰台公子:指战国楚辞赋家宋玉,相传他曾作兰台令。他在《风赋》中有"快哉此风"句,苏轼为亭命名"快哉"即取自这里。　⑫庄生:战国时思想家庄周。　⑬天籁:发自自然界的声音,即风声。"人籁"是吹箫笛等乐器的声音。　⑭刚道:硬说。　⑮雌雄:宋玉的《风赋》把风分成雄风和雌风两种。苏轼觉得可笑。　⑯一点浩然气,千里快哉风:怀有浩然之气的人,能感受到快哉此风。此处是对心地坦荡之人的一种赞美。

此词又名《快哉亭作》，也是作者被贬官在黄州（今湖北黄冈）时写的。在黄州江边修建亭子的张怀民，字梦得，又字偓佺，当时也被贬官在此，与苏轼心境相同，二人交往密切。作者钦佩张的气度，为他建的亭子起名"快哉亭"。其弟苏辙还为此亭写了散文《黄州快哉亭记》。

这首词是苏轼豪放词的代表作之一。全词通过对快哉亭周围景色的描绘，展现出作者身处逆境、昂扬向上的精神风貌。上片是用虚实结合的笔法，描写快哉亭下及其远处的胜景。下片的描写和议论，气势非凡，通过出没风涛的白头翁形象，含蓄地点明全篇主旨——"一点浩然气，千里快哉风"。从而告诉世人：一个人只要具备光明磊落的浩然之气，任何艰难境遇都能处之泰然，快意无穷。全词将写景、抒情和议论融为一体，呈现出多姿多彩、雄奇奔放的艺术特色。

【蝶恋花】

[北宋]苏轼

花褪残红青杏小,燕子飞时,绿水人家绕。枝上柳绵①吹又少,天涯何处无芳草! 墙里秋千墙外道,墙外行人,墙里佳人②笑。笑渐不闻声渐悄,多情却被无情恼。

注释

①柳绵:柳絮。 ②佳人:此处指少女。

这首词清新婉丽,体现了素以豪放著称的苏轼词的另一类风格。作品写的是春夏交替时节,发生于一墙之隔的一件极为平常的事情,从中引发耐人寻味的道理。

上片写景。暮春时节,夏日初临,花褪残红,燕子低飞,绿水环绕,大自然呈现出一派生机勃勃的景象。下片记事。作者以轻松的笔调,记述了在如此美好的环境中,本不相干的墙里美人和墙外行人一方无情、一方多情的故事。作者借此揭示一种人生哲理:行人与佳人的相遇虽属偶然,但在现实生活中,"多情却被无情恼"的现象,却是常见的。由于人们不了解物自无情而人自多情的道理,许多烦恼由此而生。作者将写景、叙事和说理融为一体,借景抒情,借事说理,蕴含了他充满矛盾的人生思考,其中"天涯何处无芳草",意思是天无绝人之路,成为激励逆境中的人们奋勇向前的动力,因而传诵至今。

减字木兰花

己卯儋耳①春词

[北宋] 苏轼

春牛②春杖③,无限春风来海上。便丐④春工⑤,染得桃红似肉红⑥。　　春幡⑦春胜⑧,一阵春风吹酒醒。不似天涯⑨,卷起杨花⑩似雪花。

注释

①儋(dān)耳:即今海南儋县。　②春牛:即土牛,古时农历十二月出土牛以送寒气,第二年立春再造土牛,以劝农耕,并象征春耕开始。　③春杖:耕夫持犁杖而立,杖即执,鞭打土牛。也有打春一称。　④丐:乞求。　⑤春工:为农作物催生助长的农工。此处指春天。　⑥肉红:写桃花鲜红如血肉。　⑦春幡:春旗。立春日农家户户挂春旗,标示春的到来,也有人剪成小彩旗插在头上或树枝上。　⑧春胜:一种剪成图案或文字的剪纸,也称剪胜,以此迎接春天的到来。　⑨天涯:多指天边。此处指作者被贬谪的海南岛。　⑩杨花:即柳絮。

提 示

　　这是一首咏春词，是作者被贬海南儋耳时所作。上片写出了海南早春备耕的喜人景象，表达了作者无比喜悦的心情；下片写迎春仪式上的酒宴和海南的杨花，表达了作者对海南的深厚情感。此词创造了两个第一：第一首写海南之春的词，第一首用词的形式写的春联。此词上、下片句式全同，而且每一片首句，都从立春的习俗发端，成为两副绝好的春联：春牛春杖，无限春风来海上；春幡春胜，一阵春风吹酒醒。便丐春工，染得桃红似肉红；不似天涯，卷起杨花似雪花。

　　遣词造句一般要避免重复。作者偏偏大量使用相同的字，反而取得意想不到的艺术效果。全词八句，共用七个"春"字（其中两个是"春风"），但不平均配置，有的一句两个，有的一句一个，有三句一个没有；而不用"春"字的句子，如"染得桃红似肉红"，"卷起杨花似雪花"，却分别用了两个"红"字，两个"花"字。这样，既增加了美感，又深化了主题。

【卜算子】 [北宋] 李之仪

我住长江头，君住长江尾。日日思①君不见君，共饮长江水。　此水几时休②？此恨何时已③？只愿君心似我心，定④不负相思意。

注释

①思：想念，思念。　②休：停止。　③已：完结，停止。　④定：此处为衬字。在词规定的字数外，增添一两个不太关键的字词，以更好地表情达意，叫作衬字，也称"添声"。

作者李之仪（1048—1117），字端叔，自号姑溪居士、姑溪老农。北宋沧州无棣（今属山东）人。他曾在朝廷为官，因得罪权贵蔡京被除名。遇赦免恢复官职，晚年定居当涂。李之仪被贬到太平州后，女儿、儿子相继去世，与他相濡以沫四十年的妻子也撒手人寰。他跌落到人生谷底。这时，他结识了当地歌伎杨姝，对她一见倾心，接连写下几首听她弹琴的诗词。这年秋天，李之仪携杨姝来到长江之滨，面对滚滚江水，挥笔写下这首有名的爱情词。

全词以长江水为由头，用明白如话的语言，回环曲折的句式，抒发对恋人无比真挚的情感。上片写居住长江首尾的恋人久久不得见，日日常相思的情景，情感深沉而又质朴优美。下片连用两个问句，写出女主人公对爱情的坚贞。最后以"只愿君心似我心，定不负相思意"，表达对恋人的热切期望。这首词语言平实，情感真实，很是动人。

【减字木兰花】竞渡①

[北宋] 黄裳

红旗高举,飞出深深杨柳渚②。鼓击春雷③,直破烟波远远回④。 欢声震地,惊退万人争战气⑤。金碧楼西⑥,衔得⑦锦标⑧第一归。

注释

①竞渡(dù):划船比赛。 ②渚(zhǔ):水中间的小洲。 ③春雷:形容鼓声像春雷一样响个不停。 ④远远回:形容龙舟的速度很快。 ⑤惊退万人争战气:龙舟竞争就像打仗一样,激烈的气势,似乎把观众都吓退了。 ⑥金碧楼西:领奖处装饰得金碧辉煌。 ⑦衔得:夺得。 ⑧锦标:古时锦标是一面彩缎奖旗,悬挂在终点岸边的竹竿上,从龙舟上摘取到的人夺冠。

作者黄裳(1044—1130),字冕仲,自号紫玄翁。北宋延平(今福建南平)人。他曾在朝廷做过高官,并长于文章写作。其词作不多,却清新不俗,明快愉人。

作者在端午时节,看到划船健儿竞渡夺标的热烈场面,诗兴大发,于是写下这首词,赞扬划船健儿们勇往直前的气概。上片写竞赛,下片写夺标。通过色彩、声音来刻画竞渡、夺标的热烈紧张气氛,声形并茂地再现端午节赛龙舟的场景,让读者如身临现场一样真切感人。全词采用白描手法,创作出龙舟竞渡题材中罕见的佳作,非常珍贵。

清平乐
[北宋] 黄庭坚

春归何处？寂寞无行路①。若有人知春去处，唤取②归来同住。　　春无踪迹谁知？除非问取③黄鹂。百啭④无人能解⑤，因风⑥飞过蔷薇。

注释

①无行路：没有留下春天的行踪。　②唤取：换来。　③问取：呼唤，询问。取：语助词。　④百啭：形容黄鹂婉转的鸣声。啭：鸟鸣。　⑤解：懂得，理解。　⑥因风：顺着风势。

作者黄庭坚（1045—1105），字鲁直，号山谷道人，晚号涪翁，北宋洪州分宁（在今江西修水）人。他曾在朝廷为官，后被贬职，是极有影响的文学家、书法家，与张耒、晁补之、秦观游学于苏轼门下，合称为"苏门四学士"。生前与苏轼齐名，世称"苏黄"。黄庭坚的成就主要是诗，是江西诗派的开山之祖。词作也有一定影响。

这首词上下片都以疑问句开头，作者通过对寻春时心理活动的细致描写，表达对美好春光的珍惜与热爱之情。上片"春归何处"写作者自己寻找春天，感叹春天在不知不觉中离去，不见踪迹；下片"春无踪迹谁知"表达作者心有不甘，又通过黄鹂问春，进一步追寻春的踪迹。结语并不作答，而是在余音袅袅中让人体悟到随着夏天的使者黄鹂和蔷薇的到来，说明春天早已远去，初夏已经来临。作者以拟人的手法，巧妙的构思，新奇的设想，创造出优美意境，具有强烈的艺术感染力。

鹊桥仙
[北宋] 秦观

纤云①弄巧②,飞星③传恨,银汉④迢迢⑤暗度⑥。金风玉露⑦一相逢,便胜却人间无数。 柔情似水,佳期如梦,忍顾⑧鹊桥归路。两情若是久长时,又岂在朝朝暮暮⑨。

注释

①纤云:轻盈的云彩。 ②弄巧:指云彩在空中奇异地变化成各种巧妙的花样。 ③飞星:流星。一说指牵牛、织女二星。 ④银汉:银河。 ⑤迢迢:遥远的样子。 ⑥暗度:悄悄渡过。 ⑦金风玉露:指秋风白露。 ⑧忍顾:怎忍回视。 ⑨朝朝暮暮:指朝夕相聚。

提示

作者秦观(1049—1100),字少游、太虚,号淮海居士,别号邗沟居士,北宋所州高邮(在今江苏)人。他曾在朝廷任职,后遭贬逐。其文辞为苏轼所赏识,为"苏门四学士"之一。词作多写男女情爱,也有感伤身世的作品,风格委婉含蓄,清丽雅淡。

这是一曲描写牵牛、织女二星七夕相会的作品。上片写聚会,缠绵悱恻,如梦如幻;下片写离别,难分难舍,情动天地。尤其是结尾两句"两情若是久长时,又岂在朝朝暮暮",告诉人们:只要两个人感情深长,又何必贪求每天都厮守在一起。读来荡气回肠,感人肺腑。全词将抒情与议论紧密结合,将爱恨哀怨交汇在一起,通俗晓畅,让人回味无穷。

【点绛唇】

[北宋] 秦观

醉漾轻舟①,信流②引到花深处。尘缘③相误,无计④花间住。 烟水茫茫⑤,千里斜阳暮。山无数,乱红⑥如雨。不记来时路。

注 释

①醉漾轻舟:意为酒醉后,划着小船在水中荡漾。 ②信流:任船流动。 ③尘缘:人与世俗的缘分。佛教把世俗中的色、声、香、味、触、法称作"六尘"。 ④无计:没法子。 ⑤烟水茫茫:指水面烟雾弥漫。 ⑥乱红:落花。

此词是秦观贬居湖南郴州时所写,抒发了在政治上遭受一连串打击后的悲痛,并由此产生了脱离世俗的向往。词的上片实际是陶渊明《桃花源记》的意境再现,表达作者醉后泛舟到花深处的欣喜,流露了对选择仕途的悔恨。词的下片,通过对茫茫烟水、千里斜阳、重重山岭、如雨落花等各种凄凉景象的渲染,营造一种走投无路的意境,感伤之情,油然而生。末句"不记来时路",写他想抽身宦海,过"世外桃源"的生活而不可得的无奈,曲折地表达了对现实世界的不满。这首词由"醉"起笔,以轻松的笔调,创造了一个迷离恍惚的境界。

【青玉案】

〔北宋〕贺铸

凌波①不过横塘路,但目送、芳尘去②。锦瑟华年③谁与度?月桥花院④、琐窗⑤朱户⑥,只有春知处。　　飞⑦云冉冉⑧蘅皋⑨暮,彩笔⑩新题断肠句⑪。试问⑫闲愁⑬都几许⑭?一川⑮烟草,满城风絮,梅子黄时雨⑯。

注　释

①凌波:形容女子步态轻盈。　②芳尘去:指美人已去。
③锦瑟华年:指美好的青春时期。锦瑟:饰有彩纹的瑟。
④月桥花院:一作"月台花榭"。月桥:像月亮似的小拱桥。花院:花木环绕的庭院。　⑤琐窗:雕绘连锁花纹的窗子。
⑥朱户:朱红的大门。　⑦飞:一作"碧"。　⑧冉冉:指云彩缓缓流动。　⑨蘅皋(héng gāo):长着香草的沼泽中的高地。　⑩彩笔:比喻有写作的才华。　⑪断肠句:伤感的诗句。　⑫试问:一说"若问"。　⑬闲愁:一说"闲情"。　⑭都几许:总计为多少。　⑮一川:遍地,一片。
⑯梅子黄时雨:江南一带初夏梅熟时多雨,俗称"梅雨"。

作者贺铸（1052—1125），又名贺三愁，字方回，自号庆湖遗老。北宋山阴（今浙江绍兴）人，出生于卫州共城县（在今河南）。他早年在地方任职，后退居苏州，专事校书写作。其词内容较为丰富，兼有豪放、婉约二派之长，长于锤炼语言并善融化前人成句。

贺铸退隐至苏州城外的横塘，写下这首词，表达生不得志的愁怨。上片写作者路上偶遇美人而不得再见的遗憾，继而大胆推测美人与春天相伴的情景，也含蓄地流露其怀才不遇的人生感慨；下片写美人独处闺房时，因思慕心上人而引起的愁思，寂寞难耐的情绪蕴含其中。全词虚写相思之情，实际抒发"一川烟草，满城风絮，梅子黄时雨"三者所包含的暮春"闲愁"，以此表达壮志难酬的怨愤之情。作品立意新奇，想象丰富，历来广为传诵，作者的"贺梅子"之称也由此而来。

【苏幕遮】

[北宋] 周邦彦

燎①沉香②,消溽暑③。鸟雀呼晴④,侵晓⑤窥檐语。叶上初阳干宿雨⑥,水面清圆⑦,一一风荷举⑧。　故乡遥,何日去?家住吴门⑨,久作长安旅⑩。五月渔郎⑪相忆否?小楫⑫轻舟,梦入芙蓉浦⑬。

注 释

①燎(liáo):细焚。　②沉香:一种名贵香料,置水中则下沉,故又名沉水香,其香味可辟恶气。　③溽(rù)暑:夏天闷热潮湿的暑气。溽,湿润、潮湿。　④呼晴:唤晴。旧有鸟鸣可占晴雨之说。　⑤侵晓:拂晓。侵,渐近。　⑥宿雨:隔夜的雨。　⑦清圆:清润圆正。　⑧一一风荷举:是说每一片荷叶都迎风挺出水面。举,擎起。　⑨吴门:古吴县城也称吴门,即今天的苏州,此处以吴门泛指吴越一带。作者是钱塘人,钱塘古属吴郡,所以称吴门。　⑩久作长安旅:长年旅居在京城。长安,借指北宋的都城汴京(今河南开封)。旅,客居。　⑪渔郎:代指小时的朋友。　⑫楫(jí):划船用具,短桨。　⑬芙蓉浦:有荷花的水边,词中指杭州西湖。浦,水湾、河流。芙蓉,又叫芙蕖,荷花的别称。

提 示

  作者周邦彦（1056—1121），字美成，号清真居士，北宋钱塘（今浙江杭州）人。曾在朝廷和地方任职。周邦彦精通音律，曾创作不少新词调，是格律派的奠基人，在词的发展史上有突出地位。作品多写闺情、羁旅、咏物之作。语言典丽精雅，长调尤善铺叙，被人称为"词家之冠"。

  这首词通过对荷叶、江南、轻舟、梦幻的描写，表达了对故乡的无比眷念之情。上片写景，"鸟雀呼晴，侵晓窥檐语""一一风荷举"，以拟人化的语言，描绘鸟雀、荷花，活灵活现，别有风趣；下片写人写情写梦，由眼前的荷花入梦，回到故乡的荷花塘，与儿时伙伴乘舟戏水，其乐无穷，浓浓的思乡之情，也顺势而出。这首词风格清新脱俗，境界高远，用质朴的语言，将荷花风情万种的神韵，写得惟妙惟肖。

【虞美人】
[北宋] 周邦彦

疏篱曲径田家小，云树开清晓。天寒山色有无中，野外一声钟起、送孤篷①。添衣策马寻亭堠②，愁抱③惟宜酒。菰蒲④睡鸭占陂塘，纵被行人惊散、又成双。

注释
①篷：船帆，此代指船。 ②亭堠：古时观察敌情的岗亭。此借指驿馆。 ③愁抱：愁怀。 ④菰蒲：菰和蒲，两种水草名。

提示
这首词是作者为心上人送行时所写，表达了深深的爱恋和依依惜别的心情。上片写分别时的场景。作者通过对疏篱、曲径、寒山、晨钟、孤篷的描绘，营造出一种孤寂凄清的氛围，天涯游子的相思之情不言而喻。下片写送别后借酒浇愁的苦闷心绪。结尾三句，作者将离愁别恨，定格在陂塘睡鸭两两相依而卧的特写镜头里，更是别出心裁。此词妙在将自己的愁情和爱恋融入景中，很有韵味。

【点绛唇】

[南宋]叶梦得

绍兴①乙卯②登绝顶小亭③

缥缈④危亭⑤,笑谈独在千峰上。与谁同赏,万里横烟浪⑥。　老去情怀,犹作天涯想⑦。空惆怅,少年豪放,莫学衰翁⑧样。

注 释

①绍兴:指宋高宗年号。　②乙卯:日期。　③绝顶小亭:在吴兴西北弁山峰顶。　④缥缈:隐隐约约,若有若无的样子。　⑤危亭:高亭,即题目中的"绝顶小亭"。绝顶亭就是因其所处位置高而命名。　⑥烟浪:烟云如浪,即云海。　⑦天涯想:指恢复中原万里河山的梦想。　⑧衰翁:衰老之人。

提示

作者叶梦得(1077—1148),字少蕴,号石林居士。北宋末南宋初苏州吴县(在今江苏)人。他在北宋、南宋都做过高官,力主抗金。他诗文俱有佳作,尤以填词为长。词作前期华丽婉约,后期豪放大气,在北宋末到南宋初的词风变异过程中起到了先导作用。

此词是叶梦得晚年的作品。当时作者离任隐居吴兴卞山,在登临弁山绝顶亭时写下这首词,抒写了自己复杂的情怀和对时局的慨叹。上片写景,站在高亭之上看苍茫景象,好像在千峰之上。"与谁同赏",说明作者心中的悲凉,因为找不到同心同德、立志报国的人。下片抒情,慨叹自己人虽已老,仍然心怀收复万里山河的英雄豪气。最后三句,作者告诫少年人,要趁年轻气盛,报效国家,千万莫学我这老头子,心有余而力不足!这首词语言精练,格调高雅,生动表达了作者壮心不已的豪情和无可奈何的心绪。

【相见欢】
[南宋] 朱敦儒

金陵①城上西楼②,倚清秋③。万里夕阳垂地、大江流。　中原乱④,簪缨⑤散,几时收⑥?试倩⑦悲风吹泪、过⑧扬州⑨。

注 释

①金陵:南京。　②城上西楼:西门上的城楼。　③倚清秋:倚楼观看清秋时节的景色。　④中原乱:指宋钦宗靖康二年(1127年)金国侵占中原。　⑤簪缨(zān yīng):官僚贵族的冠饰,这里代指其人。　⑥收:收复国土。　⑦倩:请。　⑧过:这里指收复。　⑨扬州:当时南宋的前方,屡遭金兵破坏。

作者朱敦儒(1081—1159),字希真,号岩壑。南宋初河南(在今河南洛阳)人。他早年放荡清高,不愿为官,但后来还是在南宋朝廷任职,又被罢免。他的词作有很大一部分反映闲适生活,也有一些表达对时局的忧患,比较出色。

北宋灭亡之后,作者南逃金陵,暂时居住下来。这首词就是他登上金陵西门城楼时所写。此词写作者登楼远望,触景生情,强烈的忧国之痛和深厚的爱国情怀喷薄而出。上片用象征手法写秋景,清秋万里、夕阳垂地、大江东去,预示着美景将一去不返。下片写国事,表达作者对朝廷苟安的愤慨和对前线战事的关切。作品情感慷慨激烈,格调高昂,用直白的语言表达了强烈的爱国之情。

【如梦令】

〔南宋〕李清照

昨夜雨疏风骤，浓睡①不消残酒②。试问卷帘人③，却道海棠依旧。知否？知否？应是绿肥红瘦④。

注释

①浓睡：睡得很深。　②不消残酒：酒意没有消失。　③卷帘人：指侍女。　④绿肥红瘦：指枝叶茂盛，花朵被风雨打掉，变得稀少。

提示

作者李清照（约1084—1155），号易安居士，宋代齐州章丘（今属山东）人。她出身于书香门第，早年生活优裕，填词已有名声。婚后与夫赵明诚共同致力于书画金石的搜集整理。金兵入据中原后，流寓南方，丈夫病死，境遇异常孤苦。她的词前期多写其快乐悠闲生活，韵调优美。南渡后多慨叹不幸身世，忧国怀乡，多有传世之作，是历史上最杰出的女词人，也是宋词中婉约派的代表作家之一。

本篇是作者年轻时的作品。一夜风雨过后，主人公醒来询问海棠花事，侍女回答还是那样。她忙说：知道吗？应是叶子多了，花朵少了。"绿肥红瘦"一句，使用拟人化手法，十分巧妙地表达了惜春之情。这首词短短三十三字，但场景、人物、对白俱全，用语平白如话，当时就受到普遍好评，成为她早期的成名之作。李清照还有相同词牌的另一首词，也是写的少女生活，同样精彩："常记溪亭日暮，沉醉不知归路。兴尽晚回舟，误入藕花深处。争渡，争渡，惊起一滩鸥鹭。"

【醉花阴】

[南宋]李清照

薄雾浓云①愁永昼②,瑞脑③消金兽④。佳节又重阳⑤,玉枕纱厨⑥,半夜凉⑦初透。　　东篱⑧把酒黄昏后,有暗香⑨盈袖⑩。莫道不销魂⑪,帘卷西风⑫,人比⑬黄花⑭瘦。

注 释

①云:一作"雾",一作"阴"。　②愁永昼:愁难排遣,觉得白天太长。永昼,漫长的白天。　③瑞脑:一种熏香名。又称龙脑,即冰片。　④消金兽:香炉里香料逐渐燃尽。消,一作"销",一作"喷"。金兽:兽形的铜香炉。　⑤重阳:农历九月九日为重阳节,又称老人节。　⑥纱厨:防蚊蝇的纱帐。厨,一作"窗"。　⑦凉:一作"秋"。　⑧东篱:泛指采菊之地。东晋陶渊明有"采菊东篱下,悠悠见南山"咏菊名句。　⑨暗香:这里指菊花的幽香。　⑩盈袖:满袖。　⑪销魂:形容极度忧愁、悲伤。销,一作"消"。　⑫帘卷西风:秋风吹动帘子。西风:秋风。　⑬比:一作"似"。　⑭黄花:指菊花。

  这首词是李清照前期作品。李清照嫁给赵明诚不久,丈夫便到外地求学去了。深闺寂寞,她深深思念着远行的丈夫,因而写下这首词寄给赵明诚。

  上片通过薄雾、浓云、瑞脑、玉枕、纱厨等景物的描写,营造一种凄凉寂寥的氛围,把闺中少妇日夜坐卧不宁的愁态一一道来,"半夜凉初透"说尽孤苦心境。下片写作者重阳节独自赏菊饮酒的情景。尾句"人比黄花瘦",用"黄花"比喻人的憔悴,以"瘦"暗示相思之深,这种新颖的比喻,实在耐人寻味。传说李清照将此词寄给赵明诚后,激起他的比试之心,接连作词数首,然后把自己写的与妻子写的放在一起,请朋友们评比,不料朋友们指出以"莫道不销魂,帘卷西风,人比黄花瘦"最好。

【一剪梅】
[南宋] 李清照

红藕香残玉簟①秋，轻解罗裳，独上兰舟②。云中谁寄锦书③来？雁字④回时，月满西楼。　　花自飘零⑤水自流，一种相思，两处闲愁⑥。此情无计⑦可消除，才下眉头，却上心头。

注释

①玉簟（diàn）：光滑如玉的竹席。　②兰舟：船的美称。一说"兰舟"特指睡眠的床榻。　③锦书：书信的美称。
④雁字：雁群飞行时，常排列成"人"字或"一"字形，因称"雁字"。相传雁能传书。　⑤飘零：凋谢，凋零。
⑥闲愁：无端无谓的忧愁。　⑦无计：没有办法。

提示

　　这首词是作者与丈夫赵明诚离别之后写的，写尽她的思念深情和满腹忧愁。上片通过对户外之景和室内之物的描写，营造出一种凄清的氛围，表达了作者渴盼丈夫书信到来时的孤寂心境；下片将自己的相思与远方丈夫的怀念联系起来，思夫的愁苦更深一层。结尾两句，"才下"与"却上"，"眉头"与"心头"，结构工整，对应奇巧，很有韵味。词作情感沉挚，表现方式独特，格调也很清新，是一首颇具婉约之美的离情名篇。

【渔家傲】

[南宋] 李清照

天接云涛连晓雾，星河①欲转②千帆舞③。仿佛梦魂归帝所④。闻天语⑤，殷勤⑥问我归何处。　我报路长⑦嗟⑧日暮⑨，学诗谩有惊人句⑩。九万里风⑪鹏⑫正举。风休住，蓬舟⑬吹取⑭三山⑮去！

注释

①星河：银河。　②欲转：意为已经快天亮了。　③千帆舞：意为船很多。　④帝所：天帝居住的地方。　⑤天语：天帝的话语。　⑥殷勤：关心。　⑦路长：隐含屈原《离骚》中"路漫漫其修远兮，吾将上下而求索"的意思。　⑧嗟（jiē）：慨叹。　⑨日暮：隐含屈原《离骚》："欲少留此灵琐兮，日忽忽其将暮"的意思。　⑩学诗谩有惊人句：隐含杜甫句"语不惊人死不休"。谩有：空有。　⑪九万里风：《庄子·逍遥游》中说大鹏乘风飞上九万里高空。　⑫鹏：神话中的大鸟。　⑬蓬舟：像蓬蒿被风吹转的船。古人以蓬根被风吹飞，喻飞动。　⑭吹取：吹得。　⑮三山：传说中海上有蓬莱、方丈、瀛洲三座仙山，相传为仙人所居住，可以望见，但乘船前往，临近时就被风吹开，终无人能到。蓬莱，又称蓬壶。

提示

李清照曾有一次海上航行的经历。此词是根据海上生活感受写成的,显示了她的词作豪放的一面。开始两句写的是天刚亮时海上的壮观情景:在天与水连成一片的海雾中,无数帆船在海上行驶。接着是抒发内心感受:我本是天上的人,现在仿佛要回到天帝那里。下片的内容不同于以往的抒情,而是回答天帝的问话,将梦幻与生活、历史与现实结合起来。"我报路长嗟日暮,学诗谩有惊人句",说明词人内心的苦闷:空有作诗的才学却看不到出路,无法实现理想。于是有了结尾处的想学大鹏飞到仙山去。这首词气势磅礴宏大,意境深远,用典精妙得当,是李清照豪放风格的名篇。

【武陵春】

[南宋]李清照

风住尘香①花已尽，日晚②倦梳头。物是人非③事事休，欲语泪先流。　闻说④双溪⑤春尚好⑥，也拟⑦泛轻舟⑧。只恐双溪舴艋⑨舟，载不动许多愁。

注释

①尘香：落花触地，尘土也沾染上落花的香气。　②日晚：也有作"日落"或"日晓"。　③物是人非：原来的事物依然存在，人却变了模样。　④闻说：一作"闻道"。　⑤双溪：水名，在浙江金华，是唐宋时有名的游览胜地。有东港、南港两水汇于金华城南，故曰"双溪"。　⑥春尚好：一作"春向好"。　⑦也拟：也想、也打算。　⑧轻舟：一作"扁舟"。　⑨舴艋（zé měng）：小船，两头尖如蚱蜢。

提示

  这首词是李清照渡江南下避难浙江金华时所作。当时金兵进犯，丈夫病故，家藏金石文物也大部散失，作者一个人在战乱中四处奔走，历尽艰辛，感慨良多，愤然写下这首词以表心意。

  在这首词中，作者借暮春之景，抒发孤苦凄凉环境中的苦闷和忧愁，充满对故国故人的无限忧思。上片通过对眼前残破景物和主人公外部动作、神态的描写，表达"物是人非事事休"的凄苦心境，令人泪奔；下片通过对主人公内心活动的刻画，进一步表现其悲愁的深重。结尾两句以"只恐双溪舴艋舟，载不动许多愁"来表达悲愁之多，写法新颖，给人印象深刻。作者以第一人称的口吻，从外到内，逐一描画，构思新颖奇巧，感情深沉哀婉，用语简练含蓄又自然贴切，无论直抒愁苦之情还是细写内心的微妙变化，都很生动感人。

声声慢

[南宋]李清照

寻寻觅觅①,冷冷清清,凄凄惨惨戚戚②。乍暖还寒③时候,最难将息④。三杯两盏淡酒,怎敌他⑤、晚⑥来风急。雁过也,正伤心,却是旧时相识。　　满地黄花堆积。憔悴损⑦,如今有谁堪⑧摘?守着窗儿,独自怎生⑨得黑!梧桐更兼细雨⑩,到黄昏、点点滴滴。这次第⑪,怎一个愁字了得⑫!

注释

①寻寻觅觅:四处寻找的样子,表现一种失魂落魄的心态。
②凄凄惨惨戚戚:运用重叠手法表达心中无限愁苦的心情。
③乍暖还寒:指夏末秋初时的天气忽冷忽热,变化无常。
④将息:表达休养调理的意思。　⑤怎敌他:对付,抵挡。
⑥晚:一作"晓"。　⑦损:表示程度极高。　⑧堪:可。
⑨怎生:怎样。生,语助词。　⑩梧桐更兼细雨:用白居易《长恨歌》"秋雨梧桐叶落时"诗意。　⑪这次第:这光景、这情形。　⑫怎一个愁字了得:怎么能用一个"愁"字全部概括呢!

提示

这首词是李清照后期的作品。词人在国破家亡、丈夫去世,境况极为凄凉的情况下,愁苦凝集心头无法排遣,她和着血泪写下这首千古绝唱。

作者通过对残秋景象的描写,抒发自己孤寂愁苦的心绪,表达了对亡夫赵明诚的无比怀念。上片写秋日高空下,四处寻觅的情景和心境。开头连用十四个叠字,抒写作者一个人寻觅无着、酒难浇愁的情绪,与下片"点点滴滴"相照应,形象地表达了寂寞的情绪和六神无主的心境。下片转写自家庭院。从"守着窗儿"以下,写独坐无聊,内心苦闷的状态,比"寻寻觅觅"三句又进一层。最后以"怎一个愁字了得"句收尾,别出心裁,乍看好像还没说完,实际已将自己纷乱繁杂的思绪和盘托出,令人拍案叫绝。这首词语言非常直白,感受也很真切细腻。行文始终紧扣悲秋之意,打破上下片的限制,一气呵成。特别是叠字的巧妙运用,使沉郁凄婉的情调更加浓烈,令人愁肠寸断。

【永遇乐】

[南宋]李清照

落日熔金①,暮云②合璧③,人在何处?染柳烟浓④,吹梅笛怨⑤,春意知几许?元宵佳节,融和天气,次第⑥岂无风雨?来相召⑦、香车宝马⑧,谢他⑨酒朋诗侣。　中州⑩盛日,闺门多暇,记得偏重三五⑪。铺翠冠儿⑫,捻金⑬雪柳⑭,簇带⑮争济楚⑯。如今憔悴,风鬟⑰霜鬓⑱,怕见⑲夜间出去。不如向、帘儿底下⑳,听人笑语。

注释

①落日熔金:落日的颜色好像熔化的黄金。熔金,一作"镕金"。　②暮云:傍晚的云。　③合璧:像璧玉一样合成一块。　④染柳烟浓:意为雾气笼罩着初绿的柳树。　⑤吹梅笛怨:指笛子吹出《梅花落》幽怨的声音。　⑥次第:怎知。　⑦来相召:意为朋友邀请出去游玩。　⑧香车宝马:指来接她的是有身份的朋友。　⑨谢他:谢绝。　⑩中州:这里指北宋都城汴京,即今河南开封。　⑪三五:十五日,此指元宵节。　⑫铺翠冠儿:饰有翠鸟羽毛的帽子,当时女子常戴。　⑬捻金:用金线捻成的丝。　⑭雪柳:女子头上的装饰,用素绢和银纸制成。　⑮簇带:插戴装扮之意。　⑯济楚:整齐端庄。　⑰风鬟:意为头发散乱。鬟:女子的发髻。　⑱霜鬓:鬓角变白。　⑲怕见:害怕,懒得。　⑳帘儿底下:帘子后面。

  这首词是作者晚年流落临安（在今杭州）时所作。词作通过今昔元宵节不同情景的对比，抒发作者对历史盛衰和自己身世悲欢的感叹。

  上片写在临安过元宵节的情景。开始连用了三个问句：晚霞景色美丽，而我在何处啊？柳树发绿和笛声响起，可春意有多少？元宵佳节，天气暖和，可怎知没有风雨来临？这三句表明，在元宵佳节的快乐日子里，作者却一心愁苦，没有丝毫兴趣。这正是她谢绝朋友出游邀请的理由。下片的前几句是回忆当年在汴京过元宵节的快乐情景，那时正是少女时代，过节时穿戴讲究，心情愉快。如今年老了，头发白了，懒得出去。只好在门帘后头，听听别人说笑。此词从今昔佳节的强烈对比中，抒发国破家亡的感慨。情与景相交融，感染力极强，以至于南宋著名词人刘辰翁每诵此词都会为之落泪。

【减字木兰花】春怨

[南宋] 朱淑真

独行独坐,独唱①独酬②还独卧。伫立③伤神④,无奈轻寒⑤著摸⑥人。此情谁见,泪洗残妆⑦无一半⑧。愁病相仍⑨,剔尽寒灯⑩梦不成。

注释

①独唱:独自吟咏。 ②独酬:自己与自己唱和。 ③伫立:久立。 ④伤神:伤心。 ⑤轻寒:微寒。 ⑥著摸:招惹。 ⑦残妆:指女子残褪的粉妆。 ⑧一半:二分之一。也表示约得它的一半。 ⑨相仍:依然,仍旧。 ⑩寒灯:寒夜里的孤灯。多形容环境的孤寂、凄凉。

作者朱淑真(约1135—1180),号幽栖居士。南宋钱塘(今浙江杭州)人。一说海宁(在今浙江)人。她生于仕宦家庭,后嫁商人为妻,并不和睦,一生郁郁寡欢。她博通经史,能文善画,精晓音律,诗词作品很多,素有才女之称。与李清照并称"词坛双璧"。

朱淑真虽家世显赫,婚姻却十分不幸,这首词正是她日夜思念自己意中人时所写,字里行间透露着对知音的渴望,对自我才华的肯定,对自我实现的期待。上片是动态的描写,以五个"独"字,写出作者内心孤独苦闷、焦躁不安的情状。下片作者用细腻的笔触,进行静态的描写,展现在我们面前的,一个是泪流满面,粉妆冲洗过半的少妇;另一个是面对寒夜孤灯,愁病交加,难以入眠的枕上人。作者孤独苦闷的情状跃然纸上,活灵活现。这首词语言通俗自然,心理描写细腻入微;篇幅虽短,内涵却十分丰富。

【鹧鸪天】建康①上元②作

[南宋] 赵鼎

客路那③知岁序④移，忽惊春到小桃⑤枝。天涯海角悲凉地⑥，记得当年全盛时。　　花弄影，月流辉，水晶宫殿⑦五云⑧飞。分明一觉华胥梦⑨，回首东风泪满衣。

注释

①建康：今江苏南京。 ②上元：指元宵节。 ③那：也写作"哪"。 ④岁序：岁时的顺序，岁月。 ⑤小桃：初春开花的一种桃树。 ⑥悲凉地：指建康。 ⑦水晶宫殿：用水晶装饰的极其豪华的宫殿，泛指北宋汴京宫殿。 ⑧五云：五色瑞云，多指吉祥征兆，代指皇帝所在地。 ⑨华胥（xū）梦：传说黄帝梦游华胥国，该国社会繁荣祥和。此指梦境。

作者赵鼎（1085—1147），字元镇，号得全居士，南宋解州闻喜（今属山西）人。他是南宋初期的重臣，担任多年要职，后因反对与金国议和，遭奸相秦桧排挤，被贬官，绝食身亡。所作诗词多思念故国河山，凄楚悲壮。

北宋灭亡以后，宋室南迁。这年秋，赵鼎南渡，沿水路至仪真，于元宵节之夜写下这首抒发故国之思的词作。词的上片作者从季节的更替，写到自己从北宋京城汴京，流落到江南建康悲凉之地，感叹时光流逝，国家繁盛一去不返；下片写作者梦中回忆昔日京都元宵节的繁华，悲从中来。全词通过今昔对比，梦中和现实对比的手法，抒写亡国之痛，情真意切，很能激起读者共鸣。

渔家傲

题玄真子①图

[南宋] 张元幹

钓笠②披云青嶂绕③，绿蓑④细雨春江渺⑤。白鸟⑥飞来风满棹。收纶⑦了，渔童拍手樵青⑧笑。　　明月太虚⑨同一照，浮家泛宅⑩忘昏晓⑪。醉眼冷看城市闹⑫。烟波老⑬，谁能惹得闲烦恼⑭。

注释

①玄真子：唐代诗人张志和，号玄真子。这是张元幹为他的画像题写的词。　②钓笠：代指渔夫，即张志和。　③披云青嶂绕：意为在云雾山嶂的环绕中钓鱼。　④绿蓑：绿色的蓑衣。　⑤渺：形容细雨中的江面辽阔浩瀚。　⑥白鸟：指白鹭。　⑦纶：指钓鱼的鱼线。　⑧渔童、樵青：张志和的男女仆从，男叫渔童，女叫樵青。　⑨太虚：指天光。　⑩浮家泛宅：在水上浮动行驶的住宅，即以船为家。　⑪忘昏晓：忘了白天黑夜。　⑫城市闹：城里的喧闹。　⑬烟波老：意为在江湖上终老一生。　⑭闲烦恼：指在官场中的烦恼事。

　　作者张元幹（1091—约1161），字仲宗，号芦川居士、真隐山人、芦川老隐。南宋芦川永福（今福建永泰）人。他担任过不大的官职，坚决主张抗金，反对议和。后因为赋词支持抗金名相李纲和上书请杀秦桧的名臣胡铨，被奸相秦桧除名抄家，从此漫游各地，流浪四方，客死他乡。张元幹的词，题材风格多样，最有名的就是给李纲、胡铨的《贺新郎》等豪放风格作品。他是南宋爱国词人的先行者，对后来的张孝祥、辛弃疾等有很大影响。

　　这首《渔家傲》是作者在流亡期间为唐代诗人张志和画像题写的。张志和的《渔歌子》词（本书已收入，可参看）主要写渔钓的乐趣，张元幹此词则着重写对渔钓生活的羡慕，抒发内心的愤懑。词的上片描写雨中垂钓时的美景，特别是钓到鱼后，渔童、樵青拍手笑的场面，令人心情大好。下片对以船为家的生活大加赞美，说在这里日月齐照，没了昏晓，也就没了城市里的喧闹。他想到，如果在这里过一辈子，何至于惹来这么多的烦恼。其实，真正的渔民生活是很苦的。作者表达的是自己的心情。他因为坚守正义，得罪了奸臣，遭到迫害，自然愤愤不平，以至于有脱离世俗的想法，完全可以理解。这首词把景物和抒情融为一体，和谐完美，给人以超凡的享受。

满江红

[南宋] 岳飞

怒发冲冠①,凭栏处、潇潇②雨歇。抬望眼,仰天长啸③,壮怀激烈。三十功名尘与土④,八千里路云和月⑤。莫等闲⑥、白了少年头,空悲切。　靖康耻⑦,犹未雪。臣子恨,何时灭?驾长车、踏破贺兰山⑧缺。壮志饥餐胡虏肉,笑谈渴饮匈奴⑨血。待从头、收拾旧山河,朝天阙⑩。

注释

①怒发冲冠:形容愤怒到极点时,气得头发竖立,连帽子都被顶了起来。②潇潇:形容雨势急骤。　③长啸:大声呼叫。　④三十功名尘与土:三十年来建立的功名,已经化作尘土。表达作者不满足于已有功名。　⑤八千里路云和月:表明展望未来,路途遥远,还要披星戴月,南征北战。　⑥等闲:轻易,随便。　⑦靖康耻:指宋钦宗靖康二年(1127年),金兵攻陷汴京(今河南开封),掳走徽宗、钦宗二帝。　⑧贺兰山:位于宁夏与内蒙古交界处。这里代指敌军驻地。一说是位于邯郸市磁县境内的贺兰山。　⑨匈奴:汉代时北方民族。此处代指金军。　⑩朝天阙:朝见皇帝。天阙:本指宫殿前的楼观,此指皇帝生活的地方。

提示

　　作者岳飞（1103—1142），字鹏举，南宋相州汤阴（今属河南）人。他是南宋名将，著名军事家、抗金英雄。在抗金斗争中屡建功勋。因为不同意与金国议和，被宋高宗赵构和秦桧杀害。孝宗时追谥武穆，宁宗时追封鄂王，理宗时改谥忠武。岳飞文武兼备，词存三首，气势夺人，广泛流传。

　　这首词是岳飞第一次出师北伐时所作，当时他三十岁出头，血气方刚，在词中表现了抗金救国的万丈豪情。上片写中原重陷敌手，局势万分危急，作者发誓壮年立功，收复失地。末句"莫等闲，白了少年头，空悲切"，成为激励少年奋发进取的千古箴言。下片抒写作者雪耻报国的豪情壮志和赤诚之心。"壮志饥餐胡虏肉，笑谈渴饮匈奴血"既表达了对敌人的深仇大恨，又表现了蔑视敌寇的必胜信念。"朝天阙"，实际是表示让朝廷回归旧都、恢复社稷的雄心。全词感情浓烈，慷慨激昂，尽展岳飞"尽忠报国"的浩然正气，成为反侵略战争的名篇。

【卜算子】咏梅

[南宋] 陆游

驿外①断桥②边，寂寞开无主③。已是黄昏独自愁，更④著⑤风和雨。　无意苦⑥争春⑦，一任⑧群芳⑨妒。零落成泥碾⑩作尘⑪，只有香如故⑫。

注 释

①驿（yì）外：指荒僻、冷清之地。驿，驿站，供驿马或官吏中途休息的专用建筑。　②断桥：残破的桥。　③无主：自生自灭，无人照管和玩赏。　④更：又，再。　⑤著（zhuó）：同"着"，遭受，承受。　⑥苦：尽力，竭力。　⑦争春：与百花争奇斗艳。　⑧一任：全任，完全听凭。　⑨群芳：群花，这里借指苟且偷安的主和派。　⑩碾（niǎn）：轧烂，压碎。　⑪作尘：化作灰土。　⑫香如故：香气依旧存在。故：指花开时。

  作者陆游（1125—1210），字务观，号放翁。南宋越州山阴（今浙江绍兴）人。他自青年时代就立志报国，盼望恢复中原，曾为官多年，但未能如愿。在诗、词、文方面取得杰出成就。其诗作很多，以爱国诗最为出色。陆游有"小李白"之称，他的词风格多样，兼有婉约、豪放的特色。

  陆游一生仕途坎坷，曾两次因力主抗金被罢官，但爱国志向不变。在这首词中，他自比梅花，通过对梅花的赞颂，显示自己矢志不渝的崇高品格。上片写梅花的险恶处境，借以宣泄胸中的郁闷，感叹人生的失意；下片抒发对梅花的赞颂，表达自己的志向。"无意苦争春，一任群芳妒"，是他决不与阿谀逢迎者为伍的形象写照。末句"零落成泥碾作尘，只有香如故"，写出梅花高洁的灵魂，表达作者要像梅花一样，在逆境中宁死不屈的情怀与抱负。全词以物喻人，托物言志，笔调清新自然，意味深长，在古今咏梅词中独树一帜。

钗头凤

［南宋］陆游

红酥手①，黄縢酒②，满城春色宫墙③柳。东风④恶，欢情薄。一怀愁绪，几年离索⑤。错、错、错！　春如旧，人空瘦，泪痕红浥⑥鲛绡⑦透。桃花落，闲池阁⑧。山盟⑨虽在，锦书⑩难托⑪。莫⑫、莫、莫！

注释

①红酥手：指女性（即唐婉）的手。　②黄縢（téng）酒：即黄封酒，宋代官酒用黄纸外封，故以黄封指美酒。　③宫墙：南宋以绍兴为陪都，绍兴的围墙也称宫墙。　④东风：暗指陆游的母亲。　⑤离索：指离群索居。　⑥浥（yì）：湿润。　⑦鲛绡（jiāo xiāo）：丝织的手帕。　⑧池阁：池上的楼阁。　⑨山盟：指对山立盟，表达心意。　⑩锦书：写在锦上的书信。　⑪难托：难以寄出。　⑫莫：意为"罢了"。

提示

　　这首词的背景是一段伤感的故事。陆游和前妻唐氏（有说叫唐婉）婚后感情很好，但陆母不喜欢唐婉，强令二人分手。多年后有一次，陆游和唐婉在禹迹寺南的沈园偶然相遇，已经再嫁的唐婉设酒宴招待他，强作欢笑。陆游伤感万分，在墙上写了这首词。词的上片由唐婉的酒宴说起，通过对往昔被迫离异的回忆，表达对当时违心之举的悔恨。下片写实，描写两人偶遇后难言的酸楚，进一步抒发内心痛苦。全词节奏鲜明，声情并茂，再加上"错，错，错"和"莫，莫，莫"先后两次三叹，催人泪下，堪称古代的爱情绝唱。

　　据说唐婉看到此词后，也写一首《钗头凤》应答："世情薄，人情恶，雨送黄昏花易落。晓风干，泪痕残，欲笺心事，独语斜阑。难，难，难！　人成各，今非昨，病魂常似秋千索。角声寒，夜阑珊，怕人寻问，咽泪装欢。瞒，瞒，瞒！"同样催人泪下。不久她因病去世。陆游和唐婉的故事已成为爱情悲剧的传世题材。

诉衷情

[南宋] 陆游

当年万里觅封侯①,匹马戍②梁州③。关河④梦断⑤何处?尘暗旧貂裘⑥。 胡⑦未灭,鬓⑧先秋⑨,泪空流。此生谁料,心在天山⑩,身老沧洲⑪!

注释

①万里觅封侯:奔赴万里外的疆场,寻找建功立业的机会。 ②戍(shù):守边。 ③梁州:治所在今四川南郑。 ④关河:关塞、河流。一说指潼关黄河之所在。此处泛指汉中前线险要的地方。 ⑤梦断:梦醒。 ⑥尘暗旧貂裘:貂皮裘上落满灰尘,颜色也暗淡下来。这里借用苏秦典故,说自己不受重用,未能施展抱负。 ⑦胡:古泛称西北各族为胡,也指来自西北的物品。南宋词中多指金人。此处指金入侵者。 ⑧鬓:鬓发。 ⑨秋:秋霜,比喻年老鬓白。 ⑩天山:在中国西北部,是汉唐时的边疆。这里代指南宋与金国相对峙的西北前线。 ⑪沧洲:靠近水的地方,古时泛指隐士居住的地方。这里是指作者位于镜湖之滨的家乡。

提示

　　1172年，陆游前往西北前线重镇南郑军中任职，度过八个多月的戎马生活，这成为他一生中最值得怀念的一段岁月。后来退隐山阴故居时，回首往事，梦游梁州，写下一系列爱国诗词。这首《诉衷情》便是其中脍炙人口的一篇。

　　在这首词中，作者运用今昔对比的手法，抒写自己非同寻常的人生经历，表达了壮志未酬、年岁已老的悲切心情。上片作者追忆自己昔日驰骋疆场的戎马生涯，慨叹当年宏愿只能在梦中实现了；下片写敌人尚未消灭，而自己却已两鬓染霜，发出只有徒自流泪的感叹。作这首词时，词人已年近七十，发此感叹，恰恰体现了他身在家乡，心系国难，烈士暮年，雄心不已的爱国豪情，风骨凛然，令人肃然起敬。全词格调苍凉悲壮，语言明白如话；用典自然贴切，毫无雕琢的痕迹。

浣溪沙
江村道中
[南宋]范成大

十里西畴①熟稻香，槿花②篱落竹丝长，垂垂山果挂青黄。　　浓雾知秋晨气润，薄云遮日午阴凉，不须飞盖③护戎装④。

注释

①畴（chóu）：田地。　②槿（jǐn）花：是木槿或紫槿的花。正因其多色艳，可做观赏植物，也可以作为一种中药使用，同时可以食用。　③飞盖：用以遮荫的篷盖。　④戎装：军装。词人当时为四川制置使，故戎装出游，带有随从张伞遮荫。

作者范成大（1126—1193），字至能，一字幼元，号石湖居士，南宋吴郡（在今江苏苏州）人。他在南宋朝廷和地方都担任过要职，颇有政绩；还曾出使金国，很有气节。他的创作以诗最为著名，特别是田园诗。词存一百余首，词风清润，有生活气息。

南宋时，川蜀、襄汉和两淮为沿边重镇，与金国接壤。范成大在担任四川制置使期间出游时，常常要身着戎装。这首词就是作者在蜀中所作，蕴含着浓浓的故土乡情和戍边的豪情。词的上片，作者通过对江村道上熟稻、槿花、竹丝、山果的描写，展现出一幅优美的田园秋光图；下片写作者身着戎装巡行途中的感受，通过对浓雾、晨气、薄云的描写，表达对大自然的热爱，卫国戍边的豪迈之情油然而生。词作由景见情，语言简洁洗练，风格清纯明快，堪称这类小令中的佳作。

【好事近】

[南宋] 杨万里

七月十三日夜登万花川谷望月作

月未到诚斋①,先到万花川谷②。不是诚斋无月,隔一林修竹③。　如今才是十三夜,月色已如玉。未是秋光奇绝④,看十五十六。

注 释

①诚斋:作者杨万里的号,也是他书房的名字。　②万花川谷:是离"诚斋"不远的一个花圃的名字,在吉水之东,作者居宅的上方。　③修竹:长长的竹子。　④奇绝:奇妙非常。

作者杨万里(1127—1206),字廷秀,号诚斋,南宋吉州(今江西吉水)人。他在南宋朝廷和地方都做过官,为人正直敢言,后辞官隐居。其诗作丰富,有幽默奇巧的特点,号称"诚斋体"。他与陆游、范成大等齐名。词作的风格与诗相近,多有创新。

这首词作于杨万里辞官归乡以后,创作时间是"七月十三日夜",地点是作者书房旁的"万花川谷","望月"是全词描写的中心。上片写作者从书房隔窗望月,看到月光已照到万花川谷,但因为竹林的阻挡没有照到书房,惊喜中略带遗憾。下片进一步描写"万花川谷"的月色,十三的月光如玉耀眼,再过两天,十五十六的月色会更加"奇绝",期待中满怀希望,表达了对未来美好生活的向往。小令纯用白描手法,语言质朴如话,写景由近及远,生活气息很浓。

【浣溪沙】

荆州约马举先登城楼观塞

[南宋] 张孝祥

霜日①明霄②水蘸空③，鸣鞘声④里绣旗⑤红，淡烟⑥衰草有无中。万里中原烽火北，一尊⑦浊酒戍楼⑧东，酒阑⑨挥泪向悲风⑩。

注释

①霜日：指秋天。 ②明霄：晴朗的天空。 ③水蘸（zhàn）空：指远方的湖水和天空相接。蘸：沾染，沾取。 ④鸣鞘声：指从鞘里取刀、剑所发出的声音，词中指的是挥动马鞭发出的响声。 ⑤绣旗：锦绣的军旗。 ⑥淡烟：烟雾稀薄。 ⑦尊：同"樽"，酒杯。 ⑧戍楼：边境上的城楼。 ⑨酒阑（lán）：将酒饮尽。 ⑩悲风：凄厉的风。

提　示

　　作者张孝祥（1132—1169），字安国，号于湖居士，南宋简州（在今四川）人，移居历阳乌江（今安徽和县）。他是唐代诗人张籍七世孙，曾中状元，在朝廷和地方出任要职，力主抗金北伐，屡遭贬职，仍不改初衷。张孝祥的词作多反映社会现实，表现爱国思想，大气舒展。他是南宋豪放词的开拓者之一，上承苏轼，下启辛弃疾，起过重要作用。其代表作是爱国词篇《六州歌头》。

　　宋孝宗乾道四年（1168年），张孝祥任荆南、湖北路安抚使，驻节荆州。当时荆州已成为边塞，他登上城楼观察边塞情况，心中感慨万千，于是写下这首《浣溪沙》。词的上片写景，描写边塞秋野莽莽九垠的辽阔景象，响亮的鞭声，耀眼的红旗，烘托了边塞军营操练时的热烈气氛；下片抒情，因观塞而激起对中原沦陷的感慨，以酒浇愁，悲愤无比。尾句"酒阑挥泪向悲风"，表达了对中原故国的深切怀念，强烈的爱国情怀发自肺腑。全词意境深沉，写得情真意切，打动人心。

【西江月】黄陵庙①

[南宋] 张孝祥

满载一船明月，平铺千里秋江。波神②留我看斜阳，唤起鳞鳞③细浪。　明日风回④更好，今朝露宿何妨？水晶宫里奏霓裳⑤，准拟岳阳楼⑥上。

注释

①黄陵庙：在黄陵山上。黄陵山在今湘江入洞庭湖处。　②波神：即水神。　③鳞鳞：形容波纹细微如鱼鳞。　④风回：意为风向转变。　⑤霓裳：指《霓裳羽衣曲》，唐代著名歌舞曲，相传由唐玄宗李隆基所作。　⑥准拟：准会。岳阳楼：古代名楼，在今湖南岳阳的洞庭湖畔。

提示

作者在宋孝宗乾道四年（1168年）秋离开湖南长沙，往湖北荆州（今江陵）任职途中，因风阻黄陵庙而作此词。

这首词还有《阻风三峰下》的另一题目，词句也略有不同，内容是描写金秋时节月夜泛舟的情景。上片写景。借助于"波神"这个神话形象，用拟人化的语言，通过明月、秋江、斜阳、细浪等意象，构成一幅奇幻无比的秋江图。下片抒怀。想到明日风向变化，景色会更好，就有了露宿此地的想法，可见心情不错。再由江中的阵阵涛声，联想到了美妙的《霓裳羽衣曲》，想到了会在岳阳楼上观看湖景，欢快喜悦的心情溢于言表。这首词想象奇特，格调明快，将现实与神话联系起来，充分展现了作者豪迈舒展的情怀。

【水调歌头】金山①观月

[南宋] 张孝祥

江山自雄丽②,风露与高寒。寄声月姊③,借我玉鉴④此中看。幽壑⑤鱼龙⑥悲啸,倒影星辰摇动,海气⑦夜漫漫。涌起白银阙⑧,危驻⑨紫金山⑩。　表⑪独立,飞霞珮⑫,切云⑬冠。漱冰濯雪⑭,眇视⑮万里一毫端。回首三山⑯何处,闻道群仙笑我,要我欲俱还。挥手从此去,翳凤⑰更骖鸾⑱。

注释

①金山:在今江苏镇江,长江南岸。 ②雄丽:雄伟壮丽。 ③月姊:对月亮的昵称。 ④玉鉴:玉做的镜子。 ⑤幽壑:深渊。 ⑥鱼龙:代指江中水族。 ⑦海气:水面上弥漫的雾气。 ⑧白银阙:指月亮,此处指水浪涌起的样子如同银色的宫阙。 ⑨危驻:高耸。 ⑩紫金山:在今南京,此处指的是金山。 ⑪表:特别。 ⑫珮:佩戴的装饰物。 ⑬切云:高高的帽子。 ⑭漱冰濯雪:冰漱口雪洗浴,意为沉浸在冰雪般的月光中。 ⑮眇视:仔细观看。 ⑯三山:神话中的海上三仙山(方丈、蓬莱、瀛洲)。 ⑰翳凤:用凤羽做的华盖。翳:华盖,车上方的遮盖物。 ⑱骖鸾:鸾鸟驾的车。骖:马车,此处指车。

张孝祥词的豪放洒脱风格在这首词里表现得很充分。作者借用神话故事，以超凡的想象力表达自己远大的理想。词的上片，描写金山的景色，巧妙地"借用"月宫的玉镜观看，把月光下的金山和大江描绘得有声有色，静中有动，如同仙境。下片则抒发作者自己的感受。他想象自己戴着高冠，佩戴玉饰，独立在山上，沉浸在冰雪般洁净的月光里，能远远望见万里之外的微小景物。回头好像看见了三座仙山，听到仙人们在笑谈自己，要让他跟着一起回去。他于是挥手召唤，坐着凤羽当华盖、鸾鸟驾的仙车，跟着一起去了。

　　这"游仙"的场面，很容易使人觉得作者想脱离凡尘，不食人间烟火，其实不然。张孝祥少有大志，得中状元后，更是雄心勃勃，因为替被害的岳飞鸣不平，主张抗金，所以屡次遭到秦桧等奸佞打击。但他不改初衷，坚持正确主张。他的名作《六州歌头》就表明了自己的态度。后来，他对时局很失望，退职回乡，不料患急病而亡故，年仅三十八岁。这首词是借"游仙"体现了作者远大抱负和开阔胸襟的杰作。

【水龙吟】登建康①赏心亭②

[南宋] 辛弃疾

楚天千里清秋,水随天去秋无际③。遥岑④远目,献愁供恨,玉簪⑤螺髻⑥。落日楼头,断鸿⑦声里,江南游子⑧。把吴钩⑨看了,栏杆拍遍,无人会,登临意⑩。　　休说鲈鱼堪脍⑪,尽西风⑫,季鹰⑬归未?求田问舍,怕应羞见,刘郎才气⑭。可惜流年⑮,忧愁风雨⑯,树犹如此⑰!倩⑱何人唤取,红巾翠袖⑲,揾⑳英雄泪!

注释

①建康：今江苏南京。　②赏心亭：在南京城西下水门城上，下临秦淮河。　③楚天：泛指南天，即长江中下游一带。秋无际：秋色一片。　④岑（cén）：小而高的山。此处指北方失陷的土地。　⑤玉簪（zān）：玉做的簪子。　⑥螺髻（jì）：像海螺形状的发髻。这里比喻高矮和形状各不相同的山岭。　⑦断鸿：失群的孤雁。　⑧江南游子：指作者自己。　⑨吴钩：古代吴地制造的一种宝刀。此处代指武器。　⑩无人会，登临意：没有人理解登临此亭的心意。　⑪鲈鱼：江南名鱼。堪脍（kuài）：可以烹饪品尝。　⑫西风：指秋风。　⑬季鹰：西晋人张翰，字季鹰，曾在洛阳为官，因见秋风想起南方老家的鲈鱼，便辞官回家。这里作者反其意，说不会像季鹰一样以私事为重。　⑭求田问舍，怕应羞见，刘郎才气：三国时许汜不管国家大事，只想置办田地房舍，受到胸怀大志的刘备的批评。刘郎：刘备。才气：才华气魄。　⑮流年：流逝的时光。　⑯风雨：比喻国家的形势飘摇不定。　⑰树犹如此：东晋桓温北伐时，看到早年种的柳树已有十围之粗，说：树都长得这么快，人怎么经得起时光流逝呢？北周诗人庾信《枯树赋》："树犹如此，人何以堪！"　⑱倩（qìng）：请。　⑲红巾翠袖：女子的装饰，代指女子。　⑳揾（wèn）：擦拭。

提　示

　　作者辛弃疾（1140—1207），原字坦夫，改字幼安，号稼轩居士，南宋山东历城（今山东济南）人。他出生时，家乡已被金国占领，但他心向宋朝，曾参加抗金的义军，并亲手捉拿叛将，投奔南宋，力主抗金收复失地，是一位有胆识的抗金英雄。辛弃疾同时又是成就非凡的词人，有"词中之龙"之称，与苏轼合称"苏辛"。他的词作风格多样，以豪放风格为主，尤以爱国词著称。其词题材广阔又善化用前人典故入词，风格沉雄豪迈又不乏细腻柔媚之处。辛词在词史上占有重要地位，产生了深远影响。

　　辛弃疾一生力主抗金北伐，但在南宋朝得不到当权者的支持，不受重用。一次，他登上建康赏心亭，极目远望山川风物，百感交集，更加痛惜自己怀才不遇，于是写下这首词，生动表现了作者精诚无私的爱国情怀。上片写景。开头将楚天千里，秋色无际，大江东去，一派气势雄浑的景象呈现在读者面前。最后四句，慨叹自己空有恢复中原之志，而南宋朝廷"无人会，登临意"的悲凉。下片抒怀。连用三个典故，对四位历史人物进行评价，表达自己壮志难酬、报国无门的悲愤心情。最后三句"倩何人唤取，红巾翠袖，揾英雄泪。"与上片"无人会，登临意"相呼应，表达了作者的英雄情怀和失意心态，一个矢志不渝的爱国者形象矗立在读者面前。这首词多处用典，用激昂慷慨的笔触，抒写壮志难酬的悲愤，格调高亢而豪放，是辛词特有的风格特色，也是作者早期词中最负盛名的一篇。

菩萨蛮

书江西造口①壁

[南宋] 辛弃疾

郁孤台②下清江③水，中间多少行人泪。西北望长安④，可怜无数山。青山遮不住，毕竟东流去。江晚正愁余⑤，山深闻鹧鸪⑥。

注释

①造口：一名皂口，在江西万安县南六十里。 ②郁孤台：在今江西赣州，又称望阙台。 ③清江：赣江与袁江合流处，旧称清江。 ④长安：为汉唐故都。此处代指北方失地。 ⑤愁余：使我发愁。 ⑥鹧鸪：鸟名。传说其叫声如喊"行不得也哥哥"，啼声凄苦。

曾在江西任提点刑狱的辛弃疾，一次巡视途中来到造口，登上清江水畔的郁孤台，面对奔流而去的江水，触发无限感慨，挥笔写下这首词，把对国家兴亡的感慨尽情挥洒。上片触景忆旧。作者西望重山阻隔的长安，面对无法收复的中原大地，悲从中来。清江水一天天流逝，中原仍然没有收复，多少黎民百姓为此流下泪水。下片抒发情怀，表达对故土沦丧的愁苦和对投降派的愤慨。其中"青山遮不住，毕竟东流去"，既表达中原必将收复的信心，又表达作者面对人生逆境，百折不回的志向，激人以奋发向上。结尾两句，营造江晚凄凉氛围，借鹧鸪凄苦啼声，写出了自己的雄心无法施展的悲愤。全词以比兴手法，用眼前景说心上事，抒发深沉的爱国情思，很能打动人心。

【青玉案】元夕①

[南宋] 辛弃疾

东风夜放花千树②,更吹落、星如雨③。宝马雕车④香满路。凤箫⑤声动,玉壶⑥光转,一夜鱼龙舞⑦。　　蛾儿雪柳⑧黄金缕⑨,笑语盈盈⑩暗香⑪去。众里寻他⑫千百度⑬,蓦然⑭回首,那人却在,灯火阑珊⑮处。

注释

①元夕:农历正月十五日为上元节、元宵节,此夜称元夕或元夜。　②花千树:意为元夕花灯之多如千树开花。　③星如雨:指焰火冲天,如雨飞落。星:指焰火。　④宝马雕车:豪华的马车。　⑤凤箫:箫的美称,此处泛指乐器。　⑥玉壶:比喻明月。　⑦鱼龙舞:指舞动鱼形、龙形的彩灯,如鱼龙闹海一样。　⑧蛾儿雪柳:古代妇女头上佩戴的各种装饰品。　⑨黄金缕:金丝线。　⑩盈盈:声音轻盈悦耳,也指仪态娇美。　⑪暗香:本指花香,此指女性身上散发的香气。　⑫他:泛指第三人称,古时就包括"她"。　⑬千百度:千百遍。　⑭蓦然:突然,猛然。　⑮阑珊:将尽,稀疏。

提示

　　这首词是辛弃疾婉约风格词作的代表，但与传统的婉约词有很大不同，在色彩浓艳的词句中蕴含着博大的内涵。词的上片把元宵节夜晚写得热闹非凡，灯火明亮，游人如织，表演精彩。佳节的气氛让人眼花缭乱，情绪高昂。下片重在写人。先是写妇女们梳妆打扮，争妍斗艳，笑语连连，香气满身。然后笔锋一转，作者要见的一个女子却怎么也找不到。正在焦急之时，猛然一回头，看见她正站在灯火暗淡、游人稀疏的地方。这显然是一个不同凡俗、不慕荣华富贵、甘守孤独寂寞的佳人形象，也是作者理想人格的化身。可以说，"他"实际就是作者自己。如果把词意扩展引申，令人意想不到的结果往往产生在偶然之间。

　　"众里寻他千百度，蓦然回首，那人却在，灯火阑珊处"，近代国学大师王国维称之为"古今之成大事业、大学问者"的第三种境界。说明要达到这种境界，必须有专注的精神，反复学习研究，深入探讨，自然会豁然贯通，顿开茅塞，取得成功。全词采用对比手法，以精妙的构思，精致的语言描景写人，含蓄又婉转。

【丑奴儿】 书博山①道中壁

[南宋]辛弃疾

少年②不识③愁滋味,爱上层楼④。爱上层楼,为赋新词⑤强说愁。 而今识尽⑥愁滋味,欲说还休⑦。欲说还休,却道天凉好个秋。

注释

①博山:在今江西广丰,因状如庐山香炉峰得名。 ②少年:指年轻的时候。 ③不识:不懂,不知道什么是。 ④层楼:高楼。 ⑤赋新词:写出新词。 ⑥识尽:尝够,深深懂得。 ⑦欲说还休:有话想说而又不敢表达。休:停止。

提示

此词是辛弃疾被弹劾去职、闲居带湖(在今江西上饶)时所作。在此期间,他常到博山游览,在博山道中一壁上题下这首词。

这首词以"愁"字贯穿全篇,上片回忆自己"少年不识愁滋味"的情景,那时精力充沛,满怀理想,不知道什么是愁,但为了写一首新词,假装说有愁。下片写作者成年后,"而今识尽愁滋味",却不肯说出口。秋天在词人眼里是"愁"的季节,可他想说又不敢说,换成了"天凉好个秋"的反话。这幽默诙谐的词句其实是含蓄地表达了忧国伤时的愁闷,道出了心中的无奈。全词语言浅显易懂,构思十分巧妙。词中连用两个"爱上层楼"与"欲说还休",叠句的运用,前一句承接了前文,后一句带起了下文,避开了泛泛描述,更使人印象深刻,回味无穷。

【清平乐】村居

[南宋] 辛弃疾

茅檐①低小,溪上青青草。醉里吴音②相媚好③,白发谁家翁媪④? 大儿锄豆⑤溪东,中儿正织⑥鸡笼。最喜小儿亡赖⑦,溪头卧⑧剥莲蓬。

注释

①茅檐:茅屋的屋檐。 ②吴音:吴地的方言。作者当时住在信州(今上饶),这一带的方言为吴音。 ③相媚好:指相互逗趣、取乐。 ④翁媪(ǎo):老翁、老妇。 ⑤锄豆:锄掉豆田里的草。 ⑥织:编织,指编织鸡笼。 ⑦亡(wú)赖:这里指小孩顽皮、淘气。 ⑧卧:趴。

提示

辛弃疾闲居带湖二十年,抗金北伐的理想无法实现,便关注起民间的生活,写下大量闲适词和田园词。其中有风景画,也有农村风俗画。这首词就是一幅农村风俗画,描绘了一个五口之家的农户的生活画面,生动表现了农家人情的纯美和乡村生活的乐趣。

上片头两句,用淡淡的笔触,把由茅屋、小溪、青草组成的清新秀丽的环境勾画出来。接着的两句,形象地描绘一对白发夫妇,乘着酒意,亲密交谈的动人场景。下片四句,逐一描绘三个儿子的形象,把这家老小的不同面貌和情态,写得活灵活现,具有浓郁的生活气息。

作者以白描手法直书其事,语言清新活泼,人物生动形象,栩栩如生,给人以艺术的熏陶和美的享受。这首词的独特构思和写法,为词的创作拓展了眼界,开辟了新的道路。

【破阵子】

为陈同甫①赋壮词以寄之

［南宋］辛弃疾

醉里挑灯②看剑,梦回③吹角连营④。八百里⑤分麾下炙⑥,五十弦⑦翻⑧塞外声⑨。沙场⑩秋点兵⑪。　马作的卢飞快⑫,弓如霹雳⑬弦惊。了却⑭君王天下事⑮,赢得⑯生前身后⑰名。可怜⑱白发生!

注 释

①陈同甫:即陈亮,字同甫,南宋婺州永康(今浙江永康市)人,是当时著名的学者、思想家,与辛弃疾志同道合,结为挚友。其词风格与辛词相似。　②挑灯:把灯芯挑亮。　③梦回:梦里遇见。下面描写的战场场景,是作者旧梦重温。　④吹角连营:各个军营里接连不断地响起号角声。　⑤八百里:牛名。晋代王恺有一头珍贵的牛,叫八百里驳。　⑥分麾(huī)下炙(zhì):把烤牛肉分赏给部下。麾下:部下。炙:切碎的熟肉。　⑦五十弦:原指瑟,此处泛指各种乐器。⑧翻:演奏。　⑨塞外声:指边塞悲壮粗犷的战歌。　⑩沙场:战场。⑪秋:古代点兵用武,多在秋天。点兵:检阅军队。　⑫马作的卢飞快:战马像的卢马那样跑得飞快。作:像……一样。的卢:一种烈性快马。相传刘备在荆州遇险,前临檀溪,后有追兵,幸亏骑的卢马,一跃三丈脱离险境。　⑬霹雳:本是疾雷声,此处比喻弓弦响声如雷。⑭了却:了结,把事情做完。　⑮君王天下事:统一国家的大业,此特指恢复中原。　⑯赢得:博得。　⑰身后:死后。　⑱可怜:可惜。

  这首词当作于作者失意闲居信州（今江西上饶）的时候。陈亮和辛弃疾一样，积极主张抗金，却遭到投降派打击。这一年，他到铅山鹅湖寺拜访了同样命运的辛弃疾，二人交谈甚欢，辛弃疾写了这首词给他。陈亮读了以后说：这样的词，只有上过战场、一心报国的人才写得出来。

  这首词无论内容还是写法，在历代词作中，的确是罕见的佳作。作者打破上下片景情分写的结构，前九句，追忆自己的沙场生涯，回顾当年抗金部队的豪壮阵容。在雄阔意境里，一位正气浩然的将军形象呈现在读者面前。"沙场秋点兵"，预示部队即将开赴前线，投入激战。仅仅五个字，构成一幅威武雄壮的将士出征图，沉雄悲壮。末句以"可怜白发生"作结，既出人意料，又扣人心弦，表达了作者报效国家的强烈愿望和力不从心的哀怨之情，从而使辛词的豪放风格和独创精神得到充分体现。

【清平乐】忆吴江①赏木樨②

[南宋] 辛弃疾

少年③痛饮,忆向④吴江醒。明月团团⑤高树影⑥,十里水沉烟冷⑦。　　大都⑧一点宫黄⑨,人间直恁⑩芬芳。怕是⑪秋天风露,染教⑫世界都香。

注释

①吴江:在今江苏,也称松江、苏州河,是太湖最大的支流。②木樨(xī):桂花。　③少年:泛指青少年时期。　④向:面对。　⑤团团:圆形。　⑥高树影:传说月中有桂树,有吴刚伐桂之说。也指月光映照下的桂树影。　⑦水沉烟冷:江水沉寂,烟雾清冷。　⑧大都:不过。　⑨宫黄:金黄色。古代宫中妇女化妆用黄粉,此处借指黄色的桂花,俗称金桂。　⑩直恁(nèn):竟然如此。　⑪怕是:要是。　⑫染教:染遍。

提示

　　此词另有一题作《谢叔良惠木樨》。两种题序，互为补充。这是辛弃疾闲居上饶时，与他朋友的一首唱和之作。

　　桂花一向是崇高、美好、吉祥的象征。辛弃疾有多首咏桂花的词。这首咏桂花词的特殊之处在于，它不是专写桂花本身，而是结合自己经历来写，因而更加亲切感人。上片前两句叙事，后两句写景，作者借自己一次客中酒醒后，看桂影、闻桂香的经历来写桂花，生动自然。下片，作者转写桂花本身，几句词便把花小、色黄、香浓的桂花特征写遍，但着重写它的香味，以便与上片相呼应。结尾两句，作者激情满怀，大胆想象，借"秋天风露"要将桂花的芬芳传遍各地，让世界都香起来。此处借花喻人，体现了辛弃疾胸怀天下、要让天下百姓幸福的豪情壮志。这首词以优雅的情调，奇妙的想象创造出一个优美的和平境界，不愧为咏桂花词中的佳品。

【西江月】夜行黄沙道①中

[南宋] 辛弃疾

明月别枝②惊鹊,清风半夜鸣蝉③。稻花香里说丰年,听取蛙声一片。　　七八个星天外,两三点雨山前。旧时④茅店⑤社林⑥边,路转溪桥忽见⑦。

注释

①黄沙道:指的是从江西上饶黄沙岭乡黄沙村的茅店到大屋村的黄沙岭之间约20千米的乡村道路,南宋时是一条直通上饶城的繁华官道,东到上饶,西通江西铅山。　②别枝:斜枝。　③鸣蝉:蝉叫的声音。　④旧时:往日。　⑤茅店:茅草盖的乡村客店。　⑥社林:土地庙附近的树林。社,土地神庙。古时,村有社树,为祀神处,故称社林。　⑦忽见:忽然出现。见,同"现",显现,出现。

 提 示

　　这首吟咏田园风光的词,是辛弃疾闲居江西上饶时所作,记述了作者在夏夜山道中行路所见景物及感受。前六句都在写景,读罢,一幅幅优美的乡村夏夜风景画尽展眼前,作者对丰收年景的喜悦心情跃然纸上。"稻花香里说丰年,听取蛙声一片。"以蛙声说丰年,作者匠心独运,令人拍案称奇。"七八个星天外,两三点雨山前。"对仗工整,意境优美,把山雨到来时的夜空刻画得十分生动。最后两句是倒装句,"旧时茅店"在转弯时"忽见",让人喜出望外,也使词作有了人气。此时,词作戛然而止,让人回味无穷。全词构思巧妙,语言精练,组句新颖,乡村景与喜悦情相互交融,十分逼真,是宋词中以农村生活为题材的佳作,由此词可以领略到辛词在语言上的深厚功力。

鹧鸪天

[南宋] 辛弃疾

有客慨然谈功名，因追念少年时事①，戏作

壮岁②旌旗③拥万夫④，锦襜⑤突骑⑥渡江初⑦。燕兵⑧夜娖⑨银胡䩮⑩，汉箭⑪朝⑫飞金仆姑⑬。　追往事，叹今吾，春风不染白髭须⑭。却将万字平戎策⑮，换得东家⑯种树书⑰。

注释

①少年时事：年轻时期的事情。　②壮岁：少壮时期。　③旌旗：军旗。　④拥万夫：指作者指挥上万起义军勇士抗金的事。　⑤锦襜（chān）：战袍、军衣。　⑥突骑：突击的骑兵。　⑦渡江初：指作者南归前统帅部队和敌人战斗的事。　⑧燕兵：指金兵。也有说指义军。　⑨娖（chuò）：整理。　⑩银胡䩮（lù）：银色或镶银的箭袋。　⑪汉箭：指义军射向敌军的箭。　⑫朝：清晨。　⑬金仆姑：箭名。　⑭髭（zī）须：胡子。唇上胡子叫髭，唇下胡子叫须。　⑮平戎策：平定入侵者的策略。指作者南归后向朝廷提出的《美芹十论》《九议》等抗金意见书。　⑯东家：东邻。　⑰种树书：讲如何种树的书，意指闲居农耕。

提示

　　这首词是辛弃疾晚年之作。有一次客人来访，和他谈起建功立业的事，引起他对自己以往经历的回忆，深有所感，随即写下这首词。

　　此词上片回忆了词人年轻时的一次壮举。辛弃疾在北方参加了耿京领导的义军，多次参加抗金的军事斗争。后来他奉命到南方联络南宋朝廷，返回途中听说叛徒张安国杀害了耿京，投降了金军，便带领五十多骑兵，连夜突袭金营，捉住张安国，带到南宋处死。这件事曾震动全国，辛弃疾也因此成为抗金英雄。词中写的与敌军作战的传奇经历，有声有色，气势非凡。"燕兵夜娖银胡䩮"一句如何解释，历来有争议。一说燕兵指的是金军，一说是指义军。从上下句看，都能讲得通。

　　下片看当今，抒发愤懑胸怀。辛弃疾到南宋后，曾多次上书朝廷，提出北伐抗金、收复失地的建议，策划了具体方案。但都没有得到支持，反而遭到冷遇，后来不得不闲居村舍，研究农耕种树之事。日月穿梭，他的胡须都白了，仍不见希望所在。自己的一腔热血换来的就是这个。怎么不叫他难过呢？下片的词句很平和，好像只是在戏说，却在字里行间蕴含着失望和慨叹。这首词结构紧凑，上下片对比强烈，作者自称戏作，然而细细品味，实际上绝非戏作，是作者内心的真实表白。

【永遇乐】京口①北固亭②怀古

[南宋] 辛弃疾

千古江山,英雄无觅③,孙仲谋④处。舞榭歌台⑤,风流⑥总被、雨打风吹去。斜阳草树⑦,寻常⑧巷陌⑨,人道寄奴⑩曾住。想当年,金戈铁马,气吞万里如虎⑪。　　元嘉⑫草草⑬,封狼居胥⑭,赢得⑮仓皇北顾⑯。四十三年⑰,望中犹记,烽火扬州路⑱。可堪回首⑲,佛狸祠⑳下,一片神鸦㉑社鼓㉒。凭谁问㉓,廉颇㉔老矣,尚能饭否?

注释

①京口：古城名，即今江苏镇江。 ②北固亭：在镇江北固山上。 ③无觅：无处找到。 ④孙仲谋：即孙权，字仲谋，三国时期吴国的开国皇帝。东汉长沙太守孙坚次子，幼年跟随兄长孙策平定江东。孙策早逝，孙权成为江东之主。在赤壁之战中联合刘备，击退曹操。后称帝建吴。 ⑤舞榭歌台：演出歌舞的地方，这里代指孙权的皇宫。榭：建在高台上的房子。 ⑥风流：此处指英雄的气派。 ⑦斜阳草树：傍晚的阳光照射的草树杂生之地。 ⑧寻常：古代指长度，八尺为寻，倍寻为常。 ⑨巷陌：小街巷。 ⑩寄奴：南朝宋武帝刘裕的小名。 ⑪气吞万里如虎：刘裕曾两次领兵北伐，收复洛阳、长安等地，威震一时，后代晋称帝，建立刘宋朝。 ⑫元嘉：刘裕儿子宋文帝刘义隆的年号。 ⑬草草：轻率。刘义隆曾仓促北伐失利，遭到对手重创，损失严重。 ⑭封狼居胥：狼居胥山在内蒙古西北部。汉武帝时霍去病远征匈奴，到达此地，大获全胜，曾封山庆贺后返还。南朝宋文帝刘义隆的部下王玄谟陈说北伐的策略时，说也要到狼居胥山庆贺胜利。宋文帝轻信，结果惨败。 ⑮赢得：落得。 ⑯仓皇北顾：宋文帝刘义隆命王玄谟率师北伐，被北魏太武帝拓跋焘率军击败，北魏趁机大举南侵，直抵江北扬州。宋文帝只好亲自登上建康城，向北观望形势。 ⑰四十三年：作者从北方抗金南归，至任镇江知府登北固亭写这首词时，前后共四十三年。 ⑱烽火扬州路：指作者曾经过战火纷飞的扬州到达南宋。路：宋朝时的行政区划，扬州是淮南东路首府。 ⑲可堪回首：意为不堪回首。 ⑳佛狸祠：北魏太武帝拓跋焘小名佛狸。公元450年，他曾反击刘宋，在长江北岸瓜步山建立行宫，人称佛狸祠。 ㉑神鸦：指在庙里吃祭品的乌鸦。 ㉒社鼓：祭祀时的鼓声。 ㉓凭谁问：谁来问过？意为作者多年被遗忘闲居。 ㉔廉颇：战国时赵国名将。廉颇年老被免职后，赵王想再用他，派人去看他的身体情况。廉颇的仇人郭开贿赂了使者。使者看到廉颇一顿饭能吃米饭一斗，肉十斤，还披甲上马，以示自己还可以上阵杀敌，回来却报告赵王：廉颇将军虽老，尚能吃饭，然一会儿工夫，三次去拉屎。赵王以为廉颇已老，便不再任用。

提示

　　公元 1203 年（宋宁宗嘉泰三年），年过六旬的辛弃疾终于等到了一个报国的机会。当时在朝廷掌权的韩侂胄有意出兵北伐，让辛弃疾到地处前线的镇江当知府，准备出兵。辛弃疾很高兴。但是他认为宋朝多年没有打仗，军力不足，士气不振，如果贸然出兵，草率行事，可能招致失败。应当把军队练好，做好准备，等条件成熟了再出兵。韩侂胄却不以为然。辛弃疾为此很烦闷。一天，他来到京口北固亭，登高眺望北方，怀古忆昔，写下了这首词。

　　词的上片通过对孙权、刘裕两位历史人物的赞扬，表达了自己为国立功的愿望。孙权当年就在这片土地上打败了强大的曹军，刘裕曾从这里率军北伐，使晋朝恢复中原几成现实。真是有猛虎一般的气魄。言外之意，我今天站在这里，能不能做出像他们那样的救国大事？看来希望渺茫。下片开始就用南朝宋文帝刘义隆盲目出兵北伐，导致战争失败的史实，告诫当权者，不要重蹈覆辙。接着回顾四十三年来的抗金斗争，历历在目，表示收复中原的决心不会改变。结尾三句，借战国名将廉颇的遭遇，表达报国的热望。作者明讲廉颇，实际也是为自己担忧，会不会也是同样的结局？

　　后来的事证实了辛弃疾的担忧不是空穴来风。韩侂胄见辛弃疾和自己的想法不一样，就把他降级调往别处，然后急忙发兵北伐，很快被金军打败，退了回来。韩侂胄这才想起辛弃疾的劝告，派人请他出来主事。然而辛弃疾已经重病在身，不久便与世长辞了。宋金讲和，金国趁机要挟，非要韩侂胄的脑袋不可。韩侂胄被政敌杀害。这一历史教训，说明辛弃疾是个有雄心也有远见的豪杰。他的这首词也因此被认为是辛词最有代表性的作品之一，是爱国豪放词的精品。用典故作词，又用得如此自然贴切，有极强的说服力，是此作的特征。辛弃疾的语言功力得到了充分体现。

【南乡子】

登京口北固亭有怀

[南宋] 辛弃疾

何处望神州①？满眼风光北固楼。千古兴亡②多少事？悠悠③。不尽长江滚滚流。　年少④万兜鍪⑤，坐断⑥东南⑦战未休。天下英雄谁敌手⑧？曹刘⑨。生子当如孙仲谋⑩。

注释

①神州：中国的代称。这里指北方失陷的地区。　②兴亡：指国家的兴衰，朝代的更替。　③悠悠：漫长久远，连绵不断。　④年少：年轻。意指孙权十九岁继父兄之业统治江东。　⑤兜鍪（dōu móu）：头盔。此处指士兵，千军万马。　⑥坐断：据守，占据。　⑦东南：吴国地处东南方。　⑧敌手：能力相当的对手。　⑨曹刘：指曹操与刘备。　⑩生子当如孙仲谋：一次，曹操率领大军南下伐吴，见孙权的军队雄壮威武，舟船和军队阵势严整，不觉发出感叹："生子当如孙仲谋（孙权，字仲谋），刘景升（刘表）儿子若豚犬耳。"

提示

　　这首词与前一首的创作时间和地点相同,也是很有名气的怀古词,但写法不同。上片虚写。作者站在北固楼上,遥望北方,回想历代王朝的兴亡史,一幕幕往事涌上心头,发出了"悠悠"的感叹。下片实写,具体讲孙权这个三国时期的风云人物。孙权年纪轻轻,就已经掌管了东吴大权,面对曹魏强敌,无所畏惧,指挥千军万马与之对抗,取得了胜利。他与曹操、刘备是三足鼎立的代表人物。辛弃疾此刻赞赏孙权,无疑是被孙权的勇气和才干所感动。同时他的潜台词也很明白,就是对当今南宋当权者不满。南宋头一个皇帝宋高宗赵构是出了名的投降派,畏敌如虎。他的后继者也都没什么作为,比起同是占据江南的孙权来,相差太大。作者当然不会明说此意,但读者应能体会得到。

　　这首词的写法很独特,全篇用了三组自问自答的句子,新颖别致,词意通达,又极具艺术性。另外,上下片的最后一句,都引用名人的名句,作为作者自己的看法加以概括。"不尽长江滚滚流"是套用杜甫诗句"不尽长江滚滚来",表达历史长河的起伏曲折。"生子当如孙仲谋"是引用曹操的原话,对孙权进行评价,恰到好处。这首词将写景、抒情、议论结合起来,使得政治和历史这样严肃的话题化为语言艺术,达到了极高的境界。辛弃疾的《南乡子》与上一首《永遇乐》,同是登北固亭怀古之作,堪称咏史词的"双璧",也是词人在生命终结前奉献的绝代佳作。

【唐多令】重过武昌①

[南宋] 刘过

芦叶满汀洲②,寒沙带浅流。二十年重过南楼③。柳下系船犹未稳,能几日,又中秋。　　黄鹤断矶头④,故人今在否⑤?旧江山浑是⑥新愁⑦。欲买桂花同载酒,终不似,少年游⑧。

注释

①武昌:在今湖北武汉。　②汀洲:河边或河中的湿润平地。　③南楼:又名安远楼,在武昌黄鹤山(也叫黄鹄山,即蛇山)上,观览之地。　④黄鹤断矶头:黄鹤矶,地名,在黄鹤山西北处,有名的黄鹤楼就在上面。矶:一般指水边的岩石或山崖。断矶:指破败荒凉的矶。　⑤今在否:一作曾到否。　⑥浑是:都是。　⑦新愁:当时的武昌是宋金交界之地,北边就是宋朝失地,作者因而忧愁。　⑧少年游:作者二十年前年轻时游过此地。

提示

作者刘过（1154—1206），字改之，号龙洲道人，南宋吉州太和（今江西泰和）人。他平生没有做官，却对国事极为关心，曾上书朝廷提出恢复中原的建议。其词作十分丰富，以爱国词最为人所称道，如赞颂岳飞的《六州歌头》等。他与辛弃疾交往密切，词风也受其影响很大，豪放不拘，痛快淋漓，被世人称为"天下奇男子"。

这首《唐多令》，是刘过词中比较含蓄深沉的作品。他在相隔二十年之后，重游武昌，见到昔日黄鹤山盛景已变得落叶飘零，沙寒水浅，断崖荒凉，不觉愁绪满怀。山河还是旧的，可增添的愁是新的。这愁当然是指失去了北方，武昌已成为对敌的前线。"欲买桂花同载酒"，想要和朋友们痛饮一番，但是已经失去了青春活力。这里暗含着的意思是，自己还想为国家出力，收复失地，但已经年老了，没有当年的精力了。这首词表达了忧国的情怀、爱国的热情，曾被当时许多人传诵。

扬州慢

[南宋] 姜夔

淮左名都①,竹西②佳处,解鞍③少驻④初程⑤。过春风十里⑥,尽荠麦青青。自胡马窥江⑦去后,废池⑧乔木⑨,犹厌言兵⑩。渐⑪黄昏,清角⑫吹寒,都在空城。　　杜郎⑬俊赏⑭,算而今,重到须惊⑮。纵豆蔻⑯词工,青楼⑰梦好⑱,难赋深情。二十四桥⑲仍在,波心荡,冷月无声。念桥边红药⑳,年年知为谁生?

注释

①淮左名都:指扬州。宋朝的行政区设有淮南东路和淮南西路,扬州是淮南东路的首府,故称淮左名都。面朝南时,东为左,西为右。名都,著名的都会。②竹西:即竹西亭,扬州的名景。　③解鞍:解下马鞍,意为下马。　④少驻:稍作停留。　⑤初程:初段的行程。　⑥春风十里:杜牧《赠别》诗,"春风十里扬州路,卷上珠帘总不如。"这里用以借指扬州。　⑦胡马窥江:指金兵侵略长江流域地区,洗劫扬州。　⑧废池:废毁的池台。　⑨乔木:残存的古树。与前者都是战乱后余物。　⑩犹厌言兵:意为扬州人至今厌恶说战乱的事。　⑪渐:向,到。　⑫清角:凄清的号角声。　⑬杜郎:即唐代诗人杜牧。曾在扬州任淮南节度使掌书记。　⑭俊赏:俊朗好看。　⑮重到须惊:意为再到此地会吃惊。　⑯豆蔻:形容少女美艳。杜牧《赠别》诗,"娉娉袅袅十三余,豆蔻梢头二月初。"　⑰青楼:妓院。　⑱梦好:杜牧《遣怀》诗,"十年一觉扬州梦,赢得青楼薄幸名。"　⑲二十四桥:扬州城内古桥,即吴家砖桥。　⑳红药:红芍药花,是扬州繁华时期的名花。

提示

　　作者姜夔（kuí）（1154—1221），字尧章，号白石道人，南宋饶州鄱阳（今江西鄱阳）人。他少年时期随父宦游于汉阳、长沙一带，后寓居武康（在今浙江）。他一生未做官，但在诗词和音乐方面取得很大成就。其词很多是自己作曲，并留有曲谱。作品多是咏物交游和恋情一类，韵律和谐，字斟句酌，优雅清新，他是南宋格律词的主要开创者。

　　《扬州慢》是姜夔的代表作之一。作者写有小序，说明此词写作的背景。宋孝宗淳熙三年（1176），作者二十余岁。此前，金军南侵，南宋战败。姜夔路过扬州，目睹战争过后扬州的萧条景象，追忆昔日繁华，作此自度曲，以寄托哀思。词的上片，作者用"废池乔木""清角吹寒""黄昏""空城"，营造一种萧条、悲凉的氛围，把金兵洗劫扬州后的破败景象在读者面前一一呈现，令人痛心疾首。词的下片，作者化用杜牧多篇诗句诗意，进一步抒写自己感时伤今、忧国忧民的情怀。巧借杜牧诗句诗意融入词中，以杜牧作为自己的化身，尽情抒发情怀，是这首词的特色之一。

【鹧鸪天】正月十一日观灯①

[南宋]姜夔

巷陌②风光纵赏③时,笼纱④未出马先嘶。白头居士⑤无呵殿⑥,只有乘肩小女⑦随。　　花满市,月侵衣⑧,少年情事老来悲⑨。沙河塘⑩上春寒浅,看了游人缓缓归。

注释

①正月十一日观灯:临安元夕节前几天,常常安排试灯预赏活动。　②巷陌:街道的通称。　③纵赏:尽情观赏。　④笼纱:灯笼,又称纱笼。　⑤白头居士:作者自称。　⑥呵殿:前呵后殿,指身边随从。　⑦乘肩小女:坐在肩膀上的小女孩。　⑧花满市,月侵衣:指花灯布满街市,月光映照衣服。侵:映照。　⑨少年情事老来悲:作者二十多岁时曾有一位情人,分手后念念不忘,无限惆怅。　⑩沙河塘:地名,在今杭州南。

提示

庆元三年(1197年)正月,当时四十三岁的姜夔,将家搬到临安(今杭州,南宋都城),投奔好友张鉴门下。他在杭州观灯时,回忆起当年与情人元宵同游的快乐,对比如今的老态,悲从中来,于是写下这首词。

此词题作"正月十一日观灯",写的是"正月十五闹花灯"前的预演,通过对观灯过程的描述,表达自己对漂泊生涯的悲叹和对情人的怀念。上片写观灯盛况,前两句写权贵们的奢华,后两句写自己观灯时的落寞,含着对统治者骄奢淫逸的憎恶。下片前三句写对自己"少年情事"的悲叹,有壮志未酬的不甘,有情人难见的遗憾。末二句写作者观灯后,在阵阵春寒中目送游人缓缓归去,孤寒寂寥的感情倍加浓烈。以强烈对比的手法写观灯盛景,以快乐的场景衬托悲哀的心情,让人顿生感慨。

霜天晓角

仪真①江上夜泊

[南宋]黄机

寒江夜宿,长啸江之曲②。水底鱼龙惊动,风卷地,浪翻屋。　诗情吟未足,酒兴断还续。草草兴亡③休问,功名泪,欲盈掬④。

注释

①仪真:宋代州名,在今江苏仪征,位于长江北岸。当时是南宋前线,多次被金兵侵扰。　②江之曲:长江弯曲的地方。　③草草兴亡:此处指国家兴亡在一时间。　④盈掬(jū):满握,形容泪水多。

提示

　　作者黄机(生卒年不详),字几仲,号竹斋,南宋婺州东阳(今属浙江)人。曾做过地方官。词作多学辛弃疾,爱国之情强烈,苍劲清幽。

　　仪真在南宋的时候,曾多次受到金兵骚扰。作者夜泊于此,面对寒江,北望中原,一时百感交集,便写下这首词,借江景抒发自己壮志难酬的哀痛之情。词的上片写景,用夸张的描写,表现风急浪高,环境险恶,令人触目惊心。下片抒情,国家危在旦夕,哪里还谈得上个人功名?满腹报国之志无处施展,只有空洒一腔热泪了,作者悲愤的感情奔涌而出。全词篇幅虽然短小,但内涵非常丰富,意境也很壮阔,情景交融。

【玉楼春】戏林推①

[南宋]刘克庄

年年跃马长安②市,客舍③似家家似寄④。青钱⑤换酒日无何⑥,红烛呼卢⑦宵不寐。　　易挑锦妇机中字⑧,难得玉人⑨心下事。男儿西北有神州⑩,莫滴水西桥⑪畔泪。

注释

①林推:姓林的推官,作者的同乡。推官,古代官名。　②长安:借指南宋都城临安。　③客舍:指外面的居住地,实指妓院。　④家似寄:意为自己的家好像寄居之地。　⑤青钱:古铜钱分青钱、黄钱两种。　⑥无何:别的事情不予过问。　⑦红烛呼卢:晚上点烛赌博。呼卢:古时一种赌博方式,削木为子,共五个,一子两面,一面涂黑,画牛犊;一面涂白,画雉。五子都黑,叫卢,得头彩。掷子时,高声大喊,希望得到全黑,所以叫呼卢。　⑧锦妇机中字:典故。前秦时期人窦滔远走他乡,妻子苏惠思念不已,遂做回文诗《璇玑图》,并用彩线织于锦缎上,寄给丈夫,表达思念深情。《璇玑图》诗长八百四十字,可以循环地读,凄绝动人。　⑨玉人:美人,此指妓女。　⑩西北有神州:暗指西北方宋朝的失地。　⑪水西桥:此处泛指妓女居住的地方。

提 示

  作者刘克庄（1187—1269），字潜夫，号后村，南宋莆田（今属福建）人。他在南宋朝廷担任过要职，本想为复兴国家出力，但国运衰败，难有作为。其诗词多有忧国忧民的作品，推崇辛弃疾并极力效法，他是南宋后期豪放派的重要作家。

  这首词是刘克庄为规劝友人而写的。题为"戏"，表示是开玩笑。但词中在戏笔中饱含着庄重之意，批评对方的荒唐之举，并鼓励其改正。上片表面上是在对林的行为加以赞赏，实际是明褒暗贬，批评他整天在外面游荡，把妓院当家而把家当寄宿之地，酗酒赌博无所顾忌。下片是对其进行规劝，希望他尽快从颓废生活中解脱出来。"男儿西北有神州"，作为全词点睛之笔，作者规劝友人，男儿立志为收复中原建功立业，不要同那些妓女混在一起，洒抛无聊的伤离之泪。词作对糜烂生活的批评，发人深省，而对报效国家的渴望又使境界得以升华，格调很高。

【清平乐】五月十五夜玩月

[南宋]刘克庄

风高浪快,万里骑蟾背①。曾识姮娥②真体态,素面原无粉黛③。　　身游银阙珠宫④,俯看积气蒙蒙。醉里偶摇桂树,人间唤作凉风。

注 释

①蟾背:指月宫。蟾即蟾蜍,传说中月宫的精灵。　②姮娥:即嫦娥。　③素面原无粉黛:这句是用美人的素面比作月亮,形容月光皎洁。　④银阙珠宫:指银光闪耀的月宫。阙:宫殿。

提示

在这首词中,作者运用丰富的想象,描写他遨游月宫的情景,实际寄托了忧国忧民的情怀。上片写自己借高风快浪,骑着蟾蜍,遨游夜空,抵达月宫后,看清了嫦娥的体态和娇美的容貌。下片想象自己身在九重天上,明月皎洁,俯瞰脚下,却是蒙蒙一片,暗寓南宋政权的黑暗。末句"醉里偶摇桂树,人间唤作凉风",是说作者置身于天上,痛饮月中美酒,心旷神怡。他带着醉意,偶然摇动桂树,便给炎热的人间带去了凉风。作品实际表达的是:希望能从天上吹来一股清风,给南宋昏暗的政权带来一点清明之气,寄托了作者对清平世界的期待。此词以新奇大胆的构思,丰富多彩的想象,给人以无限的遐想。

【风入松】

[南宋]吴文英

听风听雨过清明。愁草①瘗花铭②。楼前绿暗分携路③,一丝柳、一寸柔情。料峭春寒中酒④,交加晓梦啼莺。　　西园⑤日日扫林亭。依旧赏新晴。黄蜂频扑秋千索,有当时、纤手⑥香凝。惆怅双鸳⑦不到,幽阶⑧一夜苔生。

注 释

①愁草:意为为落花伤心。　②瘗(yì)花铭:意为哀悼落花的文章。瘗:掩埋。　③分携路:意为分手的地方。　④中酒:醉酒。　⑤西园:作者与女友居住的地方,在苏州。　⑥纤手:指少女的手。　⑦双鸳:女子的绣花鞋。　⑧幽阶:幽暗的台阶。

作者吴文英(约1200—1260),原姓翁,后过继吴氏,字君特,号梦窗、觉翁,南宋四明(今浙江宁波)人。他一生没有做官,只当过一些权贵的门客。大部分时间游历南方各地,在苏州、杭州、越州三地居留最久。所到之处,都有诗词题咏,作品很多。他个性文弱少刚,词作多是咏物、闺情、问候一类琐事,并在格律和字句上严格推敲,风格柔美细腻,对南宋后期的词坛影响较大。

这首词是作者思念女友的作品。上片先写出环境和时间。清明时节的风、雨和落花,都使人伤心。"听风听雨过清明",写法很独特。接下来的几句,写与女友分别的情景。柳枝在古时是送别的赠物,在这里含有分别的意思。"料峭春寒中酒,交加晓梦啼莺。"这两句是说,在天寒时借酒消愁,一醉方休;想在梦中相见,却被鸟叫惊醒。下片写在西园怀念以往。天天去打扫树林亭子,仍然喜欢这里的风景。黄蜂围绕着女友玩的秋千,因为她手握秋千留下的香气还在。看不到她的绣鞋,孤独的台阶也生出了青苔。这些拟人化的描写是细腻的,可见作者是在发愣痴想,也说明他的感情很真挚。吴文英的文辞功夫可见一斑。

【柳梢青】

[南宋] 刘辰翁

春感

铁马蒙毡①,银花洒泪②,春入愁城③。笛里番腔④,街头戏鼓⑤,不是歌声。　那堪独坐青灯⑥。想故国,高台⑦月明。辇下⑧风光,山中岁月⑨,海上心情⑩。

注　释

①铁马蒙毡(zhān):战马披上了御寒的毡子,指蒙古骑兵。铁马,指战马。　②银花洒泪:指花灯似落泪。银花,明亮的花灯。泪,指烛泪。　③愁城:借指临安,即今杭州。　④笛里番腔:笛子吹出了外族的腔调。番,古时对外族的称呼。　⑤街头戏鼓:街头上舞动的是元人的大鼓。　⑥青灯:光线青荧的油灯。借指孤寂、清苦的生活。　⑦高台:高的楼台,比喻京城。　⑧辇(niǎn):古代皇帝用的车。辇下:指京城。　⑨山中岁月:隐居山中的日子。　⑩海上心情:想念海上的心情。临安沦陷后,南宋很多志士逃亡至福建、广东沿海一带,参加抗元复国的事业。

提　示

　　作者刘辰翁（1232—1297），字会孟，号须溪，南宋吉州庐陵（今江西吉安）人。他在南宋朝不得志，南宋灭亡后隐居。其词作以豪放取胜，开阔疏朗，他后期写了很多感伤时事的篇章，与刘过、刘克庄并称"三刘"。

　　这首词作于宋端宗景炎二年（1277）元宵节。当时南宋临安已经失陷。作者避居庐陵山中，饱含深情创作此词，以寄托对故国的思念和对亡国的怨恨，表达了对抗元志士的挂念之情。此词题名"春感"，实际是元宵节有感而作。上片写元统治下的临安元宵灯节，虽热闹非凡，但在作者看来，到处充满悲愁凄凉的气氛，蕴含着强烈的亡国之恨；下片抒写对故国的怀念，对在海上坚持抗元斗争的南宋君臣的关怀，表现出拳拳爱国之情。全词节奏明快，笔调苍凉，从想象落笔，虚中见真意，是这首词突出的艺术特点。

【四字令】访友不遇

[南宋] 周密

残月半篱①,残雪半枝②。孤吟自款③柴扉,听猿啼鸟啼。　　人归未归,无诗有诗。水边伫立④多时,问梅花便知。

注释

①篱:篱笆。用竹子、树枝编成的隔离物。　②半枝:此处指雪压的树枝。　③自款:自我安慰。　④伫立:长久站着。

提示

作者周密(1232—1308),字公谨,号草窗、四水潜夫、弁阳老人、华不注山人等,南宋吴兴(今浙江湖州)人,原籍济南(在今山东)。他在南宋朝做过地方官,宋亡后隐居,以著书绘画为乐。其词讲求格律,与吴文英(梦窗)并称"二窗"。前期多写山水词,后来曾写过一些慨叹宋朝灭亡之作。

这首《四字令》是周密在拜访朋友时作的。词中用寥寥数句,勾画了一幅清冷孤寂但很有情调的画面,表现访问朋友而未能相见的场面。上片描述当时的环境,暗淡的弯月照着篱笆墙,未融化的雪落在树枝上。拜访友人,友人不在家。他只好独自站在柴门外吟诗,自找其乐。听到远处传来猴子和鸟的叫声,倒也有趣。下片写感受,应该回来的人没有回来,本没有诗意的环境却引来了诗意大发。等候多时不觉其长,因为看见了耐寒的梅花。这首词多处使用重复字眼,如残、半、啼、归、诗等,造出独特的句式。看似单调,实际上起到了有声有色有画的效果,人孤独而内心很活跃。这就使得残雪之景情趣盎然,给人印象深刻。

【踏莎行】题草窗词卷①

[南宋] 王沂孙

白石②飞仙，紫霞③凄调，断歌④人听知音少。几番幽梦欲回时，旧家池馆生青草。　　风月交游，山川怀抱，凭谁说与春知道？空留离恨满江南，相思一夜蘋花⑤老。

注释

①草窗词卷：即南宋词人周密的词集，共二卷。　②白石：姜夔的号。　③紫霞：一说指吴文英。也有说指南宋词人杨缵。这里的"飞仙"与"凄调"分别指词作风格。　④断歌：令人伤心断肠的歌。　⑤蘋（pín）花：在水边开放的一种小白花。古人常用来表示怀念故人。

提示

作者王沂孙（约1240—1290），字圣与，号碧山、中仙、玉笥山人，南宋会稽（今浙江绍兴）人。他作为南宋遗民，曾流落民间，后当了元朝的官。曾与周密、张炎等人同结词社，写的中长调咏物词较多，其中包含对自己身世和宋朝亡国的感叹。其词作讲究章法层次，含蓄委婉。

这首词是王沂孙为周密的词卷《蘋洲渔笛谱》写的题词。作品中有对朋友作品的评价，更有对家乡、故国和朋友的怀念。开头两句，点出周密词作兼有超凡和凄婉的特色，可惜其中对故国的深切思念，能理解的知音很少。接着说读过词作后，多次在梦中回到了家乡，看到的是一片青草丛生的荒凉。这说明，自己是"知音"。下片的"风月交游，山川怀抱"两句，语义双关，既是对周密作品中景物描画的概括，也暗指对故国山水风物的不舍情感。"凭谁说与春知道"和前面的"断歌人听知音少"含义相仿。正因为难以明说，所以只好在心中留下了对江南（故国）的离别之恨，对亲友的思念。词作把对作品的评论和对故国亲友的怀念融合在一起，自然而熨帖，写法也很独到。含蓄曲折地表达心境，是南宋末期格律派词人的共同特点。

【一剪梅】舟过吴江①

[南宋] 蒋捷

一片春愁待酒浇,江上舟摇,楼上帘招②。秋娘渡与泰娘桥③。风又飘飘,雨又萧萧④。　　何日归家洗客袍⑤?银字笙⑥调,心字香⑦烧。流光⑧容易把人抛,红了樱桃,绿了芭蕉。

注释

①吴江:在今江苏苏州。　②帘招:指酒旗。　③秋娘渡、泰娘桥:吴江地名。　④萧萧:象声词,雨声。　⑤客袍:外出时穿的衣服。　⑥银字笙:管乐器的一种。　⑦心字香:熏炉里心字形的香。　⑧流光:时光。

提示

作者蒋捷（约1245—1310），字胜欲，号竹山，南宋阳羡（今江苏宜兴）人。他在南宋灭亡之后隐居在太湖竹山，以写作为生。其词音律通畅，构思奇特，词语清新，多抒发对故国的思念，对祖国山河的哀痛。他的作品兼有婉约和豪放的风格，读来明白雅致，在词坛别具一格。

南宋灭亡后，作者过着漂泊不定的日子。一次，他乘船经过吴江的吴淞江时，被眼前桃红蕉绿、春去夏来的风景感染，便写下这首词以抒情怀。全词从首句"春愁"写起，选取有代表性的景物和情景描写，表达了作者伤春的心情和急于返乡的愁绪。上片起笔点出"春愁"的主题，接着，用当地的特色景点"秋娘渡与泰娘桥"，营造一种风雨飘摇的凄清景象，万般愁绪尽在其中。下片首先以一个疑问句点出作者"归家"的急切愿望，接着借春去夏来的季节转换，抒发年华易逝的人生感叹，从而把这首思乡词升华到一个新的高度。读来朗朗上口，特别是"流光容易把人抛，红了樱桃，绿了芭蕉"三句，历来脍炙人口。

【虞美人】 听雨
[南宋] 蒋捷

少年听雨歌楼上，红烛昏①罗帐②。壮年听雨客舟中。江阔云低、断雁③叫西风。　　而今听雨僧庐④下，鬓已星星⑤也。悲欢离合总无情⑥。一任⑦阶前、点滴到天明。

注释

①昏：昏暗。　②罗帐：古代床上的纱幔。　③断雁：失群孤雁。　④僧庐：僧寺，僧舍。　⑤星星：白发点点如星，形容白发很多。　⑥无情：无动于衷。　⑦一任：听凭。

蒋捷经历了宋亡元兴的变故，一生在战乱中度过，他用词作来抒发对国家残破、今不如昔的哀叹，表现悲欢离合的个人遭遇，这首词便是这一时期的代表作。

作者选择歌楼、客舟和僧庐三个特定地点"听雨"的场景，生动地再现了少年、壮年、晚年三个人生阶段的不同境遇和心理感受。上片写少年时的欢乐和壮年时的离愁；下片侧重写老年时的孤苦。一生悲欢离合，尽在雨声中体现，实际是作者颠沛流离一生的真实写照。"悲欢离合总无情"，表达了作者内心的茫然与无奈，又蕴含着深沉的亡国之痛。这首词用三个"听雨"场景的特写镜头，高度概括了作者由少到老的人生历程，同时，也把南宋王朝由兴到衰、由衰到亡的发展轨迹，清晰地呈现在读者面前。

【解连环】孤雁

[南宋] 张炎

楚①江空晚，怅离群万里，恍然②惊散。自顾影③、欲下寒塘，正沙净草枯，水平天远。写不成书，只寄得、相思一点④。料因循⑤误了，残毡拥雪⑥，故人心眼。　　谁怜旅愁荏苒⑦。谩长门⑧夜悄，锦筝⑨弹怨。想伴侣、犹宿芦花，也曾念春前，去程应转⑩。暮雨相呼，怕蓦地⑪、玉关⑫重见。未羞他、双燕归来，画帘半卷。

注 释

①楚：泛指南方。　②恍然（huǎng rán）：失意的样子。　③自顾影：顾影自怜，对自己的孤单表示怜惜。　④写不成书，只寄得、相思一点：雁飞行时行列整齐如字，孤雁而不成字，只像笔画中的"一点"。　⑤因循：意为迟延。　⑥残毡拥雪：用汉代苏武典故。苏武被匈奴强留，毡毛合雪而吞食，幸免于死。这里喻指困于元统治下有气节的南宋人物。　⑦荏苒（rěn rǎn）：辗转不断。　⑧漫：徒然。长门：汉宫名。汉武帝时，陈皇后被打入长门冷宫。这里用长门宫的寂寞冷落来形容孤雁的凄凉哀怨。　⑨锦筝：筝的美称。　⑩也曾念春前，去程应转：也曾想到他们（伴侣）在开春前返回北方。　⑪蓦地：忽然。　⑫玉关：玉门关，这里泛指北方。

　　作者张炎（约1248—1320），字叔夏，号玉田、乐笑翁。宋末元初时期寓居临安（今浙江杭州），祖籍凤翔（在今陕西）。他出身于名门，早年生活优裕，南宋灭亡后，家道中落，晚年在浙东、苏州一带漫游，与周密、王沂孙为词友。其词用字工巧，追求典雅。他又曾从事词学研究，对词的音律、技巧、风格均有论述，是格律派的代表作家。

　　《孤雁》是一首咏物词。张炎在南宋灭亡之后曾隐居浙江，后到北方谋取官职，失意后漫游于江浙一带。这首词当作于这个时期。此词通过对一只孤雁的描写，抒发失意漂泊后的愁苦，借以表达对南宋灭亡的伤感之情，曲折地表达对有气节人士的赞扬。上片写出一个空阔高远的境界，映衬出失群后孤雁的悲凉；下片将咏物与抒情结合起来，着笔于对孤雁心理活动的细致描绘，抒发作者的亡国之痛和孤独之感。全词将咏物、抒怀、叙事紧密结合，构思十分巧妙，格调凄婉动人，表现出深厚的艺术功力。此词是南宋词坛名作，但多处用典，含蓄隐晦，需要仔细琢磨，理解其意。

人月圆

[金]吴激

南朝①千古伤心事，犹唱后庭花②。旧时王谢，堂前燕子，飞向谁家③？恍然一梦，仙肌④胜雪，宫髻⑤堆鸦⑥。江州司马，青衫泪湿，同是天涯⑦！

注 释

①南朝：东晋以后的宋、齐、梁、陈四朝，史称"南朝"，此处代指已为金所灭的北宋。　②犹唱后庭花：唐代诗人杜牧《泊秦淮》的诗句："商女不知亡国恨，隔江犹唱后庭花。"后庭花：曲名，即南朝陈后主所作艳曲《玉树后庭花》。　③旧时王谢，堂前燕子，飞向谁家：唐代诗人刘禹锡《乌衣巷》的诗句："旧时王谢堂前燕，飞入寻常百姓家。"王谢：东晋王导、谢安等大家族。　④仙肌：指女子面容。　⑤髻（jì）：女性的发型，将头发挽在头顶。　⑥堆鸦：即指其发型。　⑦江州司马，青衫泪湿，同是天涯：出自白居易《琵琶行》中的"同是天涯沦落人，相逢何必曾相识"和"座中泣下谁最多，江州司马青衫湿"。

提 示

　　作者吴激(1090—1142),字彦高,号东山散人,宋金时期建州(今福建建瓯)人。他是北宋宰相吴栻之子,书画家米芾的女婿,靖康末年出使金国被强留不放,成为金国臣子。他的词作多是在金国时期所作,含蓄有情,喜用前人名句,有特色,是金代词人中的佼佼者。

　　关于这首《人月圆》词,有记载说,有一次,吴激应朋友邀请赴宴聚会。席间,主人让歌伎唱歌助酒兴,其中有一人看上去十分伤心,众人问其缘故,才知她原为宋朝宫女,因靖康之难被俘,沦为婢女。吴激想到自己的遭遇,就作了这首词,以表同情。此词上片化用唐代诗人杜牧和刘禹锡的名句,慨叹沧桑之变,发抒亡国之恨、故国之情;下片写在酒宴上的人物,由歌女的身世变迁,联想到自己的人生命运,抒发感慨,身处异地的凄凉和对故国的思念更进一层。结尾处套用白居易《琵琶行》的名句,表达自己的心境,贴切自然,恰到好处。

【临江仙】

自洛阳往孟津道中作

[元] 元好问

今古北邙山①下路，黄尘老尽英雄。人生长恨水长东②。幽怀谁共语，远目送归鸿③。　盖世功名将底用④，从前错怨天公。浩歌一曲酒千钟。男儿行处⑤是⑥，未要论穷通。

注释

①北邙山：在今河南洛阳北。古代王侯公卿多葬此山，所以有"黄尘老尽英雄"的感慨。 ②人生长恨水长东：套用李煜"自是人生长恨水长东"词句。 ③归鸿：归去的鸿雁。 ④将底用：有何用。 ⑤行处：行为处世。 ⑥是：正确。

作者元好问（1190—1257），字裕之，号遗山，金元时期太原秀容（今山西忻州）人。他在金朝做过官，入元后退隐书斋。他是当时最有成就的作家和历史学家，在金元之际起到了文学上承前启后的作用。其诗文词曲都有佳作，是北方文学的代表人物。

元好问自1218年（金宣宗兴定二年）移家河南登封，此后一段时间行迹多在河南。一次到京城应试，得中后返回故地，路过北邙山时写下此词，抒发了对"今古英雄"的人生感慨。上片触景言情。作者面对古代安葬王侯公卿的北邙山，联想自己怀才不遇、空老京华的境况，不由得发出"人生长恨水长东"的慨叹，既有哀怨，又有不平之意。下片说理抒怀。功名也只不过是过眼烟云，唯有清歌美酒，天伦至爱，才是人间乐事。面对失地难收、有家难返的冷酷现实，他发出"男儿行处是，未要论穷通"的感叹，表达了一个男子汉的行为处世，无论走到哪里，只求一个"是"字，不必计较一生遭遇的穷困或通达。词作情感真挚感人，说理令人信服，坦荡的情怀和浩然之气，扑面而来。

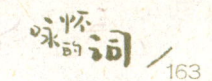

【木兰花】

[元]刘因

未开常探①花开未,又恐开时风雨至。花开风雨不相妨,说甚②不来花下醉。　百年枉作千年计③,今日不知明日事。春风欲劝座中人,一片落红④当眼坠⑤。

注释

①探:探听,察看。　②说甚:为什么。　③百年枉作千年计:乐府诗有诗句"人生不满百,常怀千岁忧",这里化用。枉作:枉费心机。　④落红:落花。　⑤当眼坠:在眼前坠落。

提　示

　　刘因(1249—1293)，字梦吉，号静修，元代容城（在今河北）人。他自小博闻强记，六岁能诗，十岁能文，落笔惊人。后长期隐居家乡，精研理学，兼工诗文。元朝曾召他为官，不久他以病为理由，辞官隐退。

　　这首词大约是他辞官隐居后所作，是一首很有哲理意味的词，意在劝说人们不要忧虑未来，重在珍惜当下。辛弃疾在一首《蝶恋花》词中写道："春未来时先借问，晚恨开迟，早又飘零近。今岁花期消息定，只愁风雨无凭准。"辛词慨叹自然界风雨变化无常，好事难成，委婉地表达了对国事的忧伤。作者上片借用辛词的意思，是说花还没开时常常希望花开，但又恐花开后遇到风雨侵袭。接着笔锋一转：即便风雨来袭，也不会妨碍花开。花既然开了，我们为何不来到花下陶醉其中呢？可见作者开朗、豁达的胸襟。下片借春风之口劝诫人们：人生苦短，世事难料，百岁都难活到，何必枉做那千年的打算？花被风吹落了，就当眼前掉了一件东西，不必在意。丢掉无意义的幻想，珍惜当下，才是最重要的。作者将深刻的人生哲理以口语化的语言表达出来，平淡中见新奇，对人很有启迪意义。

【清平乐】柳

[明] 杨基

欺烟困雨①,拂拂②愁千缕。曾把腰枝羞舞女,赢得轻盈如许。 犹寒未暖③时光,将昏渐晓④池塘。记取⑤春来杨柳,风流⑥全在轻黄⑦。

注释

①欺烟困雨:意为柳枝被烟雨笼罩。 ②拂拂:轻轻飘动的样子。 ③犹寒未暖:指初春天气。 ④将昏渐晓:指黎明前。 ⑤记取:记住。 ⑥风流:此处意为风韵。 ⑦轻黄:淡黄色,也称鹅黄。这里指柳芽初现的时候。

提示

  杨基（1326—1378），字孟载，号眉庵，元末明初吴中（在今江苏吴县）人，祖籍嘉定州（在今四川乐山）。他担任过明朝中央和地方官职，后被参奏罢官，罚做苦役。所作诗词以柔美纤巧见长，而景物诗往往能出新意脱俗套，意境开阔，为世人所喜爱，与高启等齐名。

  古人咏柳的诗词很多，杨基的这首词能脱颖而出，在于把柳人格化了，又点出了柳的魅人之处。再就是词句凝练优美，每一句都称得起经典名句。上片写柳笼罩在烟雨之中，却说是柳被烟欺，被雨困，愁得千丝万缕。又把它与舞女相比，赢得了"轻盈"好名声。下片写柳最迷人的时候，是初春的黎明，鹅黄初吐之时，给人以朦胧又愉快的感受。

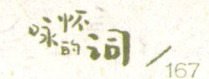

【临江仙】

[明] 杨慎

滚滚长江东逝水①,浪花淘尽②英雄。是非成败转头空。青山依旧在,几度③夕阳红。　　白发渔樵④江渚⑤上,惯看秋月春风⑥。一壶浊⑦酒喜相逢。古今多少事,都付笑谈中⑧。

注释

①东逝水:指江水向东流去,这里将时光比喻为江水。　②淘尽:荡涤一空。　③几度:虚指,几次、好几次之意。　④渔樵:渔翁和樵夫。此处指隐居不问世事的人。　⑤江渚(zhǔ):水中的小块陆地,此处意为江岸边。　⑥秋月春风:意指岁月和时局的变化。　⑦浊(zhuó):不清澈,与"清"相对。浊酒:用糯米、黄米等酿制的酒,较混浊。　⑧都付笑谈中:也有作"尽付笑谈中"。

提 示

作者杨慎（1488—1559），字用修，号升庵，明代新都（在今四川成都）人，后因流放滇南，故自称博南山人、金马碧鸡老兵。其父杨廷和是明朝首辅，他也曾在北京朝廷为官。后因直谏明世宗（嘉靖），被廷杖后发配云南永昌，长达三十多年，死于当地。杨慎同时是明代卓有成就的学者、诗人，著述之多在明代首屈一指，其词水平在明代出类拔萃。

这首《临江仙》是名传古今的咏史词。作者通过对历史兴亡的审视，抒发对人生沉浮的感悟。上片借景抒情。面对滚滚长江，回望历史长河中的英雄豪杰，发出"是非成败转头空""浪花淘尽英雄"的感慨，蕴含着高远的意境和深刻的人生哲理。下片着重写白发渔樵的心境。渔樵，历来是古代诗中隐士的代言人，这里实际就是指杨慎自己。他在政治斗争中遭到残酷打击，但没有灰心丧气，而是看淡了人生中的是非成败，总是在"秋月春风"中喝酒言欢，将"古今多少事，都付笑谈中"，从中寄寓作者淡泊超脱的胸襟和笑傲人生、不畏强权的顽强意志。全词格调慷慨悲壮，豪放高亢而又含蓄深沉，令人荡气回肠，感慨万千。

杨慎在云南写了大量诗文词曲，为云南文化的发展做出重要贡献。毛宗岗父子评刻《三国演义》时将这首词放在卷首。1994版电视剧《三国演义》将它作为主题歌歌词，更使这首词家喻户晓，传遍全球。

【山花子】春愁①

[明]陈子龙

杨柳迷离晓雾中，杏花零落五更钟。寂寂景阳宫②外月，照残红。　蝶化彩衣金缕尽③，虫衔画粉玉楼空④。惟有无情双燕子，舞东风！

注释

①春愁：即国破家亡之恨。　②景阳宫：景阳宫为陈朝的宫殿，在今南京北玄武湖畔。当年隋灭陈时，陈后主与二妃子匿于井中而被俘。　③蝶化彩衣金缕尽：传说晋代人葛洪成仙，衣裳化作彩蝶，原来的金缕丝衣没有了。这里用此典故，比喻明朝已尽，子孙凋零。　④虫衔画粉玉楼空：意为宫殿被虫子蚕食成空洞。

提示

作者陈子龙（1608—1647），初名介，后改名子龙，字人中、卧子，号大樽，明代南直隶松江华亭（今上海松江）人。他是抗清志士，曾在家乡起兵抵抗清军，转战太湖一带，事败被捕后，投水殉国。他是明末重要作家和诗人，有很高成就，其词多为婉约风格，为清词的中兴起了奠基作用。

《春愁》是一首凄婉的词作。作者生逢明末的动乱年代，朝代更换，国破家亡，以"春愁"取名，就是表达这种亡国之恨。上片描写景阳宫暮春残景，营造一种残败清冷的氛围，暗喻明朝灭亡的惨痛景象。下片用"遗衣化蝶"的典故，感叹明朝的灭亡，末二句讲双燕依然在东风中翩翩飞舞，是对投降清廷的明朝官员的嘲讽。词作以看似平淡的语言，表达痛彻心扉的悲恨之情，让人从中体会到作者的拳拳爱国之心。

【梦江南】

[明]柳如是

人去也①,人去梦偏多。忆昔见时多不语,而今偷悔更生疏。梦里自欢娱。

注释

①人去也:指恋人离开自己。

提示

作者柳如是(1618—1664),本名杨爱,后改柳姓,名隐,字如是,号河东君,明代吴江(在今江苏苏州)人,一说是浙江嘉兴人。她是明末著名歌妓才女,与马湘兰、卞玉京、李香君、董小宛、顾横波、寇白门、陈圆圆同称"秦淮八艳"。后嫁明朝才子钱谦益为妾。她有着深厚的家国情怀和政治抱负,曾为抗清复明做出贡献。柳如是诗词俱佳,尤以词作传名。著名学者陈寅恪曾为她作传。

柳如是曾与江南才子陈子龙相恋,后因身世而分手。她曾写下二十首以"梦江南"为词牌的怀人之作,这首词为其中第九首,表达了作者对心上人的思念之情。人总是重难轻易,在一起的时候,总以为还有时间,可以长久相对,无须说太多的话;一旦分开,才知后悔:原来世事无定,若要再次聚会,谈何容易,情人们远隔千里,只能在梦中相见了。作者用口语化的语言,将日常生活中的哲理娓娓道来,发人深省。它启示人们:不要重难轻易,而要珍惜缘分,把握当下,否则后悔莫及。

【柳梢青】

[明] 张煌言

锦样江山①,何人坏了,雨瘴烟峦。故苑莺花,旧家燕子,一例②阑珊③。　此身付与天顽④。休更问、秦关汉关⑤。白发镜中,青萍⑥匣里,和泪相看。

注 释

①锦样江山:指大好河山。　②一例:一样。　③阑珊:衰落。
④天顽:指自己。谦辞,说自己天生顽固,不会妥协。　⑤秦关汉关:代指国家政局变更。　⑥青萍:古代宝剑名。

提 示

作者张煌言（1620—1664），字玄著，号苍水，明代浙江鄞县（在今宁波）人。他是明末著名抗清英雄，清军入关时，在浙江地区起义抗清，后与郑成功合兵围南京，兵败被俘，英勇就义。其诗词多是在战斗生涯里写成，质朴悲壮，表现出忧国忧民的爱国热情。遗体安葬在杭州西湖畔，与岳飞、于谦并称"西湖三杰"。

在这首词中，作者抒发了他忧时报国的悲壮情怀。上片描写清兵入侵后山河破碎、家园衰败的情景，是对入侵者的血泪控诉。下片转写作者的人生志向，表达了在国破家亡的情况下，决不屈膝投降，要与入侵者斗争到底。最后三句，是说作者照着镜子，发现自己壮志未酬，已白发苍苍，于是烈士暮年的悲凉情绪油然而生，令人泪奔。全词风格悲壮沉郁，语调激昂而充满正气，是作者正直人格的自我写照。

【采桑子】

[明]夏完淳

片风丝雨笼烟絮①,玉点②香球③。玉点香球,尽日东风不满楼。　　暗将亡国伤心事,诉与④东流⑤。诉与东流,万里长江一带愁。

注　释

①烟絮:柳絮。　②玉点:即雨点。　③香球:本为古代燃香用的金属镂空圆球,此处指柳絮随风滚动结成小球形状。　④诉与:说与。　⑤东流:东去的流水,即长江。

作者夏完淳(1631—1647),原名复,字存古,明代松江华亭(今上海松江)人。他是明末著名少年抗清英雄,九岁能诗文,有"神童"之称。十四岁追随父亲夏允彝和老师陈子龙从事抗清活动。后兵败被俘,不为威逼利诱所动,英勇就义,年仅十六岁。夏完淳在被俘前后的短暂时间内,写下了很多优秀的诗、词、曲作品,表现了他爱国忧民、宁死不屈的高尚气节,是一位卓有成就的青年诗人。

这首词作于作者兵败后漂泊之际,表达了对国家危亡的痛心和强烈的爱国情怀。上片写景,景中寓情。用被风雨吹打四处翻飞的柳絮,暗喻明朝江山大势已去的破败景象。"尽日东风不满楼",是唐代诗人许浑名句"山雨欲来风满楼"的反用,表明救国复明的大业难以成功,作者十分失望。下片情随景生,表达了对"亡国伤心事"的忧愁。此时,面对滚滚东流的万里长江,他只有与之同愁苦共鸣咽了。末句"诉与东流,万里长江一带愁",作者化用南唐后主李煜"问君能有几多愁,恰似一江春水向东流"名句,来抒发自己的哀痛:大江也被他的诉说感动,现出一带愁色。此词既有传统的韵味,又有独创的新意。特别是对两个名句的出新运用,恰如其分地表达了少年英雄的情感。

长相思

[清]吴绮

舟夜

盼行程①，数行程。秋满江湖客自惊，滩声②杂雨声。　话难凭，梦难凭③。水驿④人稀错报更，荒鸡⑤不肯鸣。

注释

①行程：行走的路程。　②滩声：波浪拍滩的响声。　③凭：凭信。　④水驿：水上的驿站。　⑤荒鸡：半夜鸣叫的鸡。

作者吴绮(1619—1694)，字薗次，一字丰南，号绮园、听翁，清代江都（今江苏扬州）人。他在清朝做过知府等官，后被免职。其词多描写风月之情，细腻而富有情趣。

这是一首记述秋夜行舟的词。上片写作者舟行途中急迫的心情，并用"滩声杂雨声"描画出一幅秋夜行舟图，营造一种孤独、凄清的氛围，加剧了作者的"心惊"。下片通过描写人烟稀少的水上驿站，报错时间的更夫，不肯半夜啼叫的荒鸡，抒发人心难信、世事难料的人生感慨。这首词"盼行程，数行程""话难凭，梦难凭"叠词的应用和句式的反复，加重了语气，开阔了境界，令人玩味不尽。

【醉落魄】

[清] 陈维崧

咏鹰

寒山几堵①,风低②削碎中原路③。秋空一碧④无今古⑤,醉袒⑥貂裘,略记⑦寻呼⑧处。　　男儿身手和谁赌⑨,老来猛气还轩举⑩。人间多少闲狐兔⑪,月黑沙黄⑫,此际偏思汝⑬。

注　释

①堵:墙壁。此处用作量词,几堵即几座。　②风低:指鹰乘风低旋。　③削碎中原路:形容鹰的双翅如刀剑,把原野土地削碎。　④秋空一碧:蓝天辽阔,万里无云。　⑤无今古:古今一样的意思。　⑥袒(tǎn):裸露。　⑦略记:大约记得。　⑧寻呼:指猎人呼唤鹰去捕获猎物。　⑨赌:比试。　⑩轩举:意为意气飞扬。　⑪闲狐兔:比喻奸猾谄媚的小人。　⑫月黑沙黄:月色暗淡,黄沙漫天。暗指环境恶劣。　⑬汝:你,这里指鹰。

 提示

　　作者陈维崧（1625—1682），字其年，号迦陵，明末清初江苏宜兴人。他在清朝当过官，更以诗文传名，学识渊博，在诗、词、骈文各方面都有佳作。其词数量达一千六百多首，在历代词家中最多。早年与朱彝尊齐名，为一代词家，被称为"阳羡派的领袖"（宜兴也称为阳羡县）。其词气魄宏大，俊朗开阔，有豪放派的风格。

　　作者生性疾恶如仇、爱憎分明。这首作于康熙年间的词，借咏鹰写人，抒发自己怀才不遇的悲怨情绪，表达老而弥坚、誓与邪恶小人斗争到底的决心。上片前两句以酣畅的笔墨描写深秋景象，营造一种寒气逼人的氛围，把高傲、威武的苍鹰形象呈现在读者面前。"醉袒貂裘"两句，通过对清狂洒脱神态的描述，写出作者像苍鹰一样的豪情与猛气。下片开头两句，突出描写猎人老当益壮、身手不凡的英武形象，实际表达作者不甘老迈，意欲再展雄风的宏愿。最后一句，"此际偏思汝"，表达作者要像苍鹰那样勇猛无畏，捕尽天下小人。全词构思细密，措辞激烈；名为"咏鹰"，却通篇不见一个"鹰"字，而肃杀之气贯穿始终，人物形象跃然纸上，是清词豪放派的代表作。

【卖花声】① 雨花台②

[清] 朱彝尊

衰柳白门湾③,潮打城④还。小长干接大长干⑤。歌板酒旗零落尽,剩有渔竿。　秋草六朝寒⑥,花雨空坛。更无人处一凭栏。燕子斜阳⑦来又去,如此江山。

注释

①卖花声:词牌名,即"浪淘沙"。　②雨花台:在南京中华门(旧称聚宝门)外聚宝山上。相传南北朝时期的南朝梁代有个云光法师在这里讲经,感动了佛祖,天上竟落花如雨,故称雨花台。雨,降落。　③白门湾:南京临江的地方。白门,本是古建康城的外门,后指代南京。　④城:这里指古石头城,在今南京清凉山一带。　⑤小长干、大长干:古代里巷名,故址在今南京城南。　⑥寒:荒凉。　⑦燕子斜阳:化用刘禹锡《乌衣巷》诗意。原诗:"朱雀桥边野草花,乌衣巷口夕阳斜。旧时王谢堂前燕,飞入寻常百姓家。"

提示

作者朱彝尊（1629—1709），字锡鬯（chàng），号竹垞（chá），晚号小长芦钓鱼师，又号金风亭长，清代浙江秀水（今浙江嘉兴）人。他早年曾参与复明事业，失败后专心钻研文史学问，是清代著名学者和词人、藏书家。诗与王士禛称南北两大宗（"南朱北王"）；词的风格清丽，为"浙西词派"的创始人，与陈维崧并称"朱陈"，在当时极具影响力。

素有"六朝古都"美称的南京，自古繁华昌盛，明太祖朱元璋、南明福王都在此建都。可是后来，南京却遭到南下清兵的无端毁坏。作者正好此时到雨花台游览，今昔对比，无限感慨，于是愤然写下这首怀古伤今的作品。上片写登雨花台举目远望所见：金陵城残垣断壁、一片破败的景象，与古代六朝的繁华形成鲜明对比，让人百感交集。下片近写雨花台景色，推出一幅凋零衰败的画面。"燕子斜阳来又去"，是说连燕子都感到雨花台衰败荒凉，"来又去"了。末句"如此江山"表达作者对江山破碎、人事变迁的无比哀痛之情。全词辞采清丽，声律和谐，手法简练、自然，在萧瑟凄凉的意象中，寄托作者深沉的感慨。

南楼令

[清] 朱彝尊

疏雨过轻尘,圆莎①结翠茵②,惹红襟③乳燕来频。乍暖乍寒花事了④,留不住,塞垣春。　　归梦苦难真,别离情更亲,恨天涯芳信无因⑤。欲话去年今日事⑥,能几个,去年人⑦?

注释

①莎:草名。　②翠茵:绿色的地毯。茵,衬垫、褥子。　③红襟:知更鸟,因胸前鲜艳的羽毛也被称作红襟鸟。　④乍暖乍寒花事了:形容春季天气寒暑变化无常,百花盛开的季节结束了,也比喻爱情的凋零。　⑤恨天涯芳信无因:可恨总是收不到远在天边的闺中人的书信。无因:没有机缘。　⑥欲话去年今日事:谈起去年今天的发生的事。　⑦能几个,去年人:在座的还有几个是去年的人呢?

提 示

  这是一首写戍边战士边塞生活的词,揭示边塞生活的严酷,表达将士们对远方亲人的思念。上片写塞外之春:小雨过后,绿茵如毯,惹得红襟、乳燕竞相飞来。由于边塞天气寒暑无常,百花盛开的季节很快就要结束了。下片抒戍边战士情怀:毕竟梦中事情难以成真,远别亲人才倍加思念。可恨天边遥远,总是收不到远方闺中人的书信。这里暗喻边塞生活严酷,戍边战士随时都有牺牲的可能。让人不禁想起唐代诗人王翰"醉卧沙场君莫笑,古来征战几人回"的千古名句。全词语言质朴,感情浓烈。作者选取思乡梦、盼家书等典型细节,渲染出塞之人悲凉的情绪。人物形象丰满,真切可感,表达了对戍边战士苦难生活的同情。

【青玉案】

〔清〕顾贞观

天然一帧①荆关②画，谁打稿③、斜阳下？历历④水残山剩⑤也。乱鸦千点，落鸿⑥孤烟，中有渔樵话⑦。　　登临我亦悲秋者⑧，向蔓草平原泪盈把⑨。自古有情终不化⑩。青娥冢⑪上，东风野火，烧出鸳鸯瓦⑫。

注释

①帧（zhēn）：图画的一幅。　②荆关：荆，指五代时画家荆浩；关，指荆浩弟子关同。荆、关均以山水画闻名于世。　③打稿：起稿。　④历历：分明可数。　⑤水残山剩：同"残山剩水"，指亡国或变乱后山河残破景象。　⑥落鸿：即孤鸿。鸿，鸿雁。　⑦渔樵话：渔父与樵夫的闲话。　⑧悲秋者：伤心人。　⑨盈把：满把。把，一手握取。　⑩终不化：意为不会变化。　⑪青娥冢（zhǒng）：王昭君墓。王昭君是西汉元帝时出塞和亲的宫女，为维护汉匈关系做出贡献，昭君出塞的故事千古流传。　⑫鸳鸯瓦：由两个瓦片一俯一仰合成。

提示

  作者顾贞观（1637—1714），原名华文，字远平、华峰，亦作华封，号梁汾，清代江苏无锡人。他是晚明东林党领袖顾宪成的玄孙。在清朝为官时，与纳兰性德结为好友，于诗词颇有功底。纳兰去世后，他回到江南家乡居住，著书立说三十载。其词风格清劲明爽，以情取胜，不喜雕琢。

  顾贞观出生在明朝末年，祖上在明朝很有名气，这使他对改朝换代极为感伤。此词是作者早期的作品，大约写于清顺治末年或康熙之初。当时，顾贞观到湖北的楚黄去探望姐姐顾贞立。明亡不久，清初社会还在动荡之中，他登山望水，触景生情，于是写下这首词。词的上片重在写景，作者以伤感的眼光展开想象，将眼前景看作是古人精心绘制的一幅悲秋图，夕阳西下，水残山剩，乱鸦千点，落鸿孤烟，将国破家亡的感伤之情全部融入画中。下片由景入情，直抒"自古有情终不化"的家国情怀，并借昭君出塞的故事，表述心头怨苦，让人潸然泪下。此词在议论中寄托深情，在写景中咏叹历史，波澜起伏，凄切动人。

【长相思】

〔清〕纳兰性德

山一程，水一程①，身向榆关②那畔③行，夜深千帐灯④。　风一更，雪一更⑤，聒⑥碎乡心梦不成，故园⑦无此声⑧。

注释

①山一程，水一程：即山长水远。程：道路、路程。　②榆关：即今山海关，在河北省秦皇岛东北。　③那畔：即山海关的另一边，指身处关外。　④千帐灯：皇帝出巡临时住宿的行帐中的灯火。千帐：言军营之多。　⑤风一更，雪一更：即言整夜风雪交加。更：旧时一夜分五更，每更大约两小时。　⑥聒（guō）：声音嘈杂，这里指风雪声。　⑦故园：故乡，这里指北京。　⑧此声：指风雪交加的声音。

提 示

　　作者纳兰性德（1655—1685），原名纳兰成德，字容若，号楞伽山人，清代满洲正黄旗人。他出身显赫，父亲是康熙时期武英殿大学士纳兰明珠。纳兰性德自幼修文习武，后为一等侍卫，长年追随康熙帝左右。但生性淡泊名利，不以出身为荣，而追求真情，才气过人，最擅写词，词风与李煜相似。他的词以"真"取胜，写情真挚浓烈，写景逼真传神，在清初词坛独树一帜。他被王国维称为"以自然之眼观物，以自然之舌言情"的词人。因病而亡时，年仅三十岁。

　　清康熙二十一年（1682）二月，康熙帝出关东巡，祭告奉天祖陵。二十八岁的纳兰作为一等侍卫，随从康熙帝到永陵、福陵、昭陵告祭，出山海关。塞上风雪凄迷，苦寒天气引发了纳兰对京师中家人的惦念，写下这首词。词中描写的是在外将士对故乡的思念，实际表达的却是作者自己的思乡之情。上片"山一程，水一程"，写出旅程的艰辛、遥远，夜晚在行帐中露营，点点灯火勾起作者对故乡的无比怀念。"夜行千帐灯"，描绘了军营灯火连成一片的壮观景象，堪称经典名句。下片"风一更，雪一更"，写出塞外风雪弥漫、连绵不断的气势，表达作者在凄冷的夜晚，思乡之情更加浓烈。全词纯用白描语句，朴素自然，写得浑然天成。

如梦令

[清] 纳兰性德

万帐穹庐①人醉，星影摇摇欲坠。归梦隔狼河②，又被河声搅碎。还睡，还睡，解道③醒来无味。

注释

①穹庐：圆形的毡帐。 ②狼河：白狼河，即今大凌河，在辽宁西部。 ③解道：知道。

提示

这首词与上一首是同一时期写的。纳兰性德在随从康熙皇帝东巡途中，被气象雄伟的营地奇景感染，挥笔创作了这首颇具特色的边塞词。作者以穹庐、星影以及狼河的涛声为背景，写出了边塞的奇景。归梦二句是说，正在做一个回归家乡的梦，因为隔着狼河，又被彻夜的涛声惊醒。最后两句是作者自语：还是再睡一会儿吧，醒来后的思乡之情更加难受。全词用口语化的语言，把塞外之景描画得雄浑而又悲凉，又通过睡梦和梦醒两种不同心态的描述，把古人出塞时的思乡之情，表达得真切动人。

【画堂春】

[清]纳兰性德

一生一代一双人,争教①两处销魂②。相思相望不相亲,天为谁春? 浆向蓝桥③易乞,药成碧海难奔④。容若相访饮牛津⑤,相对忘贫。

注 释

①争教:怎教。 ②销魂:形容极度悲伤、愁苦或极度欢乐。 ③蓝桥:地名,在陕西蓝田东南蓝溪上。传说此处有仙窟,有个叫裴航的男子受神灵暗示,在蓝桥驿求水喝,遇到云英,二人一见钟情,结为夫妇,双双仙去。此处用这一典故,表明自己也曾经有过"蓝桥之遇"。 ④药成碧海难奔:这里借用嫦娥偷吃西王母送给她丈夫羿的不死之药后,成仙奔入月宫的典故,说明纵有不死之灵丹妙药,却难像嫦娥那样飞入月宫去。意思是与恋人纵有深情却难以相见。 ⑤饮牛津:指传说中牛郎织女相会的天河边。这里是借指与恋人相会的地方。

提示

　　这首词写的是爱情生活失意后的痛苦。作者年轻时有过一个恋人,有人认为,那女子可能是他的表妹。二人情投意合,本可成就美满婚姻。可后来女子被皇帝收进皇宫,从此两相分离。作者在词中表达了他和女子之间纯洁的爱情和相思的苦痛。上片借用唐代诗人骆宾王的诗句:"相怜相念倍相亲,一生一代一双人。"是说天作之合的一双人,却被分隔两地,表达了两人的相思之苦。下片接连用了三个结局不同的典故:裴航爱云英,二人结为夫妇双双仙去;嫦娥奔月而去,羿却不能飞入月宫;牛郎恋织女,却被无情的天河隔断。这种强烈对比,使作者的痛苦心情更深一层。末句"相对忘贫",是说自己如果能够像牛郎织女一样,在天河边与心上人相见,即使抛却眼前荣华富贵的生活也心甘情愿。这首词语言明白如话,借用诗句、巧用典故自然贴切,痴爱之情动人心扉。

　　纳兰性德是个重情感的人。妻子卢氏去世后,他伤心至极,写下《沁园春》《金缕曲》《南乡子》等多首词作悼念,非常感人。

【十六字令】咏秋水

[清] 佟世南

秋水①影，溶溶②夜月中。明如练③，裁剪④有西风。

注 释

①秋水：此处指秋天的江湖水。 ②溶溶：水缓缓流动的样子，也用来形容月光荡漾。 ③练：洁白的熟绢。绢是一种薄而坚韧的丝织物。 ④裁剪：原意指在缝制衣服时，把衣料按一定尺寸裁开。此处引申为修剪。

提 示

作者佟世南，生卒年代不详，字梅岑（一作岭），清代满洲（辽东）人。他曾任知县，但以词作闻名于世。词风与纳兰性德相近，意境深远，清新自然，多写相思离别、男女恋情。怀古词则抒发了满族人特有的民族情感。作品以"小令"为多。

这首小令，描绘了这样一幅流动的画面：清冷的秋夜，一轮秋月，映照在缓缓流动的秋水之上；秋水，映照着明晃晃的月影，像洁白的丝绢一样，任萧瑟秋风随意"裁剪"。全词寥寥十六字，围绕着秋水，将秋夜、秋月、秋风、秋影顺序托出，营造出一种壮阔的境界。

【谒金门】

[清] 厉鹗

七月既望①,湖上②雨后作

凭画槛,雨洗秋浓人淡。隔水残霞明冉冉③,小山三四点。　艇子④几时同泛?待折荷花临鉴⑤。日日绿盘⑥疏粉艳⑦,西风无处减。

注释

①既望:就是农历每月十六日,表示满月后一天。"望"即"望日",指农历每月十五。既:已经。　②湖上:此指杭州西湖。　③冉冉:袅袅升动的样子。　④艇子:小船。　⑤临鉴:对镜。鉴:镜子,此代指西湖。　⑥绿盘:比喻荷叶。　⑦粉艳:娇艳的颜色,此指荷花。

提示

作者厉鹗(1692—1752),字太鸿,又字雄飞,号樊榭、南湖花隐等,清代钱塘(今浙江杭州)人。他早年应科考不顺,遂潜心治学与诗文创作,词作讲究音律,和谐婉曲,是"浙西词派"中坚人物。

这是一首描写游人雨后观看西湖秋景的词。上片写湖上秋景。作者凭栏远望,眼前呈现一幅迷人的水墨风景画:雨水清洗过的秋空,残霞袅袅;湖上观光的游人,心情恬淡;隔湖相望的点点小山,美不胜收。下片写作者的期待。希望来年荷花盛开、湖水明如镜的时候,与心上人泛舟湖上。而眼下荷花已经稀疏凋残,西风吹来,想让它们再减少也不可能。全词格调清雅婉丽,意境恬静高雅,其中"秋浓人淡""绿盘疏粉艳"两句,让人耳目一新。

【相见欢】

〔清〕张惠言

年年负却①花期,过春时,只合②安排愁绪送春归。　梅花雪,梨花月,总相思,自是春来不觉去偏知。

注释

①负却:辜负的意思。　②只合:只得,只当。

提示

作者张惠言(1761—1802),字皋文,清代江苏武进(今常州)人。他当过官员,也长于填词,是清代"常州词派"创始人,词作风格含蓄。

这是一首惜春词。上片首句"年年负却花期",表达了一种自责的心情,无奈春天过去,只好带着惆怅和悔恨送别春天。下片推出"梅花雪,梨花月"这两幅优美图画,说明春景总是稍纵即逝,让人留恋不已。但人们"自是春来不觉去偏知",春天来了没有感觉到,春天去了,却很容易察觉。作者伤春惜时之情油然而生。此词表面上有感伤无奈的情绪,实际表达一种珍惜春光、努力奋进的进取精神。这首词借物抒情,一唱三叹,格外质朴感人。

【蝶恋花】 [清] 周济

柳絮年年三月暮①,断送莺花②,十里湖边路。万转千回无落处,随侬③只恁④低低去。　　满眼颓垣欹⑤病树,纵有余英,不值风姨⑥妒。烟里黄沙遮不住,河流日夜东南注。

注释

①柳絮年年三月暮:南朝丘迟《与陈伯之书》中有"暮春三月,江南草长,杂花生树,群莺乱飞"名句。　②莺花:表示春天景色。　③侬:它们。　④恁:如此。　⑤欹:斜,倾倒。　⑥风姨:风神,泛指风。

作者周济(1781—1839),字保绪,又字介存,号止庵,清代江苏荆溪(今宜兴)人。他早年有经世之志,曾习剑法练骑射,后隐居金陵专心著述,尤以词作闻名全国,是清代"常州词派"重要词论家。

这首咏柳絮的作品,写暮春景色的词,抒发了作者惜春的情怀。上片写柳絮在暮春三月到处飘落,预示春天将去,惜春之情尽在其中。下片从眼前春老花残,颓垣病树的景象入笔,把万物由盛至衰的规律巧妙地暗示出来,告诫人们要珍惜大好春光,及时努力进取,不要等年老体衰,心有余力不足。特别是最后两句"烟里黄沙遮不住,河流日夜东南注",把视野放大到天地之间,把春光流逝比作河流向东南注入大海,不可阻挡,从而揭示了自然和人生的规律。全词以柳絮开头,以河流结尾,明写春天的景致,寄托着人生的感受,给人以有益的启迪。

【清平乐】池上纳凉

[清]项鸿祚

水天清话[1],院静人销夏[2]。蜡炬[3]风摇帘不下[4],竹影半墙如画。　醉来扶上桃笙[5],熟罗[6]扇子凉轻。一霎[7]荷塘过雨,明朝便是秋声。

注释

[1]清话:清凉滋润。　[2]销夏:指夏日纳凉。　[3]蜡炬:蜡烛。　[4]帘不下:意为帘子卷起来。　[5]桃笙:竹子的一种,可制竹席。　[6]熟罗:轻软有空隙的丝织物。　[7]一霎:一阵。

提 示

作者项鸿祚（zuò）（1798—1835），一名项廷纪，字莲生，清代钱塘（今浙江杭州）人。他出身于富家，却命运不济，科举不就，家庭又遭变故，导致穷困多病，中年亡故，但在词的创作上成绩不菲。其词多个人随感、哀愁伤感之作，内容狭窄，但精致细腻，情景交融，对后代词人有一定影响。如这首《清平乐·元夜》："画楼吹角，酒醒灯花落。梅未开残风又恶，今日元宵过却。更更更鼓凄凉，翠绡弹泪千行。并作一江春水，几时流到钱塘。"

这首《池上纳凉》是作者心态比较轻松的作品，但仍然流露出内心的忧思。夏日夜晚在荷花池边纳凉，偶有所感，便写了此词。上片写景致，荷塘清而且静，正是作者适应的环境。烛光摇动，竹影如画，又有动的感觉，但这是无声的"动"，使人倍感孤寂。下片写饮酒微醉后被人扶到竹席上歇息，摇着罗扇很凉爽。结尾两句为之一变，写一阵小雨降下，天气变得凉意很浓，荷塘过雨后，想必也有些花瓣被打落。作者于是想到，秋天要来了，天要冷了。这意念中的担忧就体现了伤感的情怀。

【柳梢青】

[清]蒋春霖

芳草闲门①，清明②过了，酒滞③香尘④。白楝⑤花开，海棠花落，容易黄昏。　　东风阵阵斜曛⑥，任倚遍、红栏未温。一片春愁，渐吹渐起，恰似春云。

注释

①闲门：意为门前冷落少客。　②清明：农历二十四节气之一。　③酒滞：在醉饮中滞留不醒。　④香尘：指落花时节的尘土，带有花的香气。　⑤白楝：即楝花，在晚春开花。　⑥斜曛（xié xūn）：指日落时的余光。

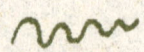

提 示

作者蒋春霖（1818—1868），字鹿潭，清代江苏江阴人。他在咸丰年间曾任两淮盐官，后遭罢官，一生潦倒，因情事投水自杀（一说服毒自杀）。少时天资聪颖，有"乳虎"之称，罢官后致力于诗词，颇负盛名。早年工诗，中年一意于词，与纳兰性德、项鸿祚有"清代三大词人"之称，因亲身经历太平天国运动及第二次鸦片战争，所作《水云楼词》多有感伤之音，有"词史"之称。

这首词中截取主人公一天的生活经历，写尽春愁。上片写白天的情景。春天春草盈门，花开花落，主人公在醉饮中滞留不醒，转眼黄昏到来。下片写黄昏后的情景。在阵阵春风中，酒醒后的主人公倚遍栏杆观景，直至落日西沉，栏杆却依旧清冷，心中的愁绪像云彩一样随风升起，形象地表达了作者青春不再、春愁如云的感慨。作者用口语化的语言书写闲愁，发出人生苦短、韶华易逝的感叹，颇能引起人们的共鸣。特别是最后三句，以春云比作春愁，比喻很新颖，已成为词中名句，经常被人引用。

浪淘沙

自题《庚子秋词》后

[清] 王鹏运

华发①对山青，客梦零星，岁寒濡呴②慰劳生。断尽愁肠谁会得？哀雁声声③。　　心事共疏檠④，歌断谁听？墨痕和泪渍⑤清冰。留得悲秋残影⑥在，分付旗亭⑦。

注 释

①华发：白发。　②濡呴（rú xǔ）：比喻在困境中相互支撑。濡，湿润。呴，呼气。　③哀雁声声：指八国联军侵入北京时，流离失所的难民发出的哀怨声。　④疏檠（qíng）：此处借指孤灯。疏，稀少。檠，灯台、灯架。　⑤渍（zì）：浸湿，沾染。　⑥悲秋残影：此指《庚子秋词》。　⑦旗亭：古代酒楼，多悬挂旗帜，以便引人注目。

提示

  作者王鹏运（1849—1904），字幼霞，号半塘老人，清代广西临桂（今桂林）人，原籍浙江山阴。他曾为官员，同情"戊戌变法"，以词著名，是"清末四大家"之首，在清末词坛有一定影响。

  这首词是作者与友人朱祖谋、刘福姚填写《庚子秋词》两卷后所作。1900年八国联军进北京烧杀抢掠，作者义愤填膺，与友人赋诗填词，表达忧愤之情。这首词是词集编成后所写，记述了词集产生的背景和经过。上片是说，客住京华的作者突遇八国联军入侵。他和朱、刘两位词友于寒冬之夜相互安慰，相聚北京寓所填词，以抒衷肠。这时，院墙外战火中的难民哭声四起，更渲染了凄寒氛围，令人愁肠百结。下片记述填词时的情景：寒夜里，词人们满怀忧国之情，在孤灯下奋笔填词。附近酒楼断续传来阵阵歌声，谁也无心去听。他们满怀对入侵者的仇恨和对清政府的哀怨，饱蘸用泪水、冰水和成的墨汁，填写下忧愤满腔的《庚子秋词》。填写完了，就交给酒楼上的歌女传唱。全词慷慨激昂，一气呵成，让人感受到浓浓的爱国之情。国难当头，文人能做的，也只能是这样了。

【望海潮】自题小影

[清]谭嗣同

曾经沧海,又来沙漠①,四千里外关河。骨相②空谈,肠轮自转,回头十八年过。春梦醒来么?对春帆细雨,独自吟哦③。惟有瓶花,数枝相伴不须多。　寒江才脱渔蓑④,剩风尘面貌,自看如何?鉴不因人,形还问影,岂缘醉后颜酡⑤?拔剑欲高歌。有几根侠骨,禁得揉搓?忽说此人是我,睁眼细瞧科⑥。

注释

①沙漠:代指甘肃一带。　②骨相:人的体格状貌,古人常以此评估一个人的未来发展。　③吟哦:指吟诗。　④渔蓑:渔夫披的蓑衣,此处代指江南之地。　⑤颜酡:饮酒脸红。　⑥睁眼细瞧科:睁眼细瞧小影中人,怎么也不相信那就是自己。科:古典戏剧中表示动作的用词。

提示

　　作者谭嗣同（1865—1898），字复生，号壮飞，清代湖南浏阳人。他是清末著名政治家、思想家，维新派人士。1894年甲午之战后，在浏阳倡立学社，从事改良活动，曾协助湖南巡抚陈宝箴及按察使黄遵宪在湖南推行新政，倡立"南学会"，办《湘报》。1898年8月入京见光绪帝，被任命为军机章京，参与新政。"戊戌变法"失败后，被捕就义，为"戊戌六君子"之一。梁启超称他是"中国为国流血第一士"。谭嗣同的诗文很有成就，词作多表现其雄心壮志，颇有气势。

　　谭嗣同写作此词时，只有十八岁，正生活在甘肃兰州他父亲的任所。这首词意在借自题小影而抒壮志难成的感慨。上片写作者经历和人生感悟。前三句概述自己动荡的生活：他小时居京师，十三岁随父外放甘肃，十五岁回湖南浏阳拜师读书，再返西北。"骨相空谈"三句，是说从骨相看，自己必成大业，但十八岁已过，却一事无成。"春梦醒来么"三句，写小影中的自己，当年曾立宏图大志，回头不过春梦一场。此刻，面对国家危亡，他只有小影前的几枝瓶花相伴，令人忧愤不已。下片将镜中人与影中人对比，抒发感想。作者刚从江南来到西北，对镜自照，发现那醉后的红颜，实际是边塞的风尘造成。此时还想拔剑高歌，为国效力，但面对恶劣的政治环境，使他发出"有几根侠骨，禁得揉搓"的慨叹。结尾两句，趣味横生，又耐人寻味。全词感情真挚强烈，尽展英雄风骨，又不乏风趣幽默。全词使用四个反问句，表达对自己前途的思考，显得很自信，发人深省。

【贺新郎】

[清] 梁启超

昨夜东风里。忍回首、月明故国,凄凉到此①。鹑首赐秦②寻常梦,莫是③钧天④沈⑤醉。也不管、人间憔悴⑥。落日长烟关塞黑⑦,望阴山⑧、铁骑⑨纵横地。汉帜拔⑩,鼓声死⑪。　　物华⑫依旧山河异⑬。是谁家、庄严卧榻,尽伊鼾睡⑭。不信千年神明胄⑮,一个更无⑯男子⑰。问春水、干卿何事⑱?我自伤心人不见,访明夷、别有英雄泪⑲。鸡声乱,剑光起⑳。

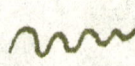

注释

①昨夜东风里。忍回首、月明故国,凄凉到此:南唐李煜的《虞美人》有"小楼昨夜又东风,故国不堪回首月明中"的词句。作者化用在此,表达对国破家亡现状的哀叹。忍:此处作"不忍"讲。　②鹑首(chūn shǒu)赐秦:鹑首是古代占星学的星次名称之一,也是古代地理作为秦地的分野。据汉代张衡《西京赋》所写,传说天帝和他宠爱的秦穆公(春秋时期秦国国君)喝酒时醉了,把鹑首星次的土地(在今陕西一带)赐给了秦国。　③莫是:莫不是。　④钧天:神话传说中指天的中央,也代指优美的音乐。　⑤沈:同"沉"。　⑥人间憔悴:指国民遭到杀戮,生活艰难。　⑦落日长烟关塞黑:指国家形势犹如日落天黑。　⑧阴山:位于内蒙古中部,此处代指北方。　⑨铁骑:指侵略者。　⑩汉帜拔:汉帜原指汉王刘邦的军旗,后泛指汉族军队的旗帜。《史记》有韩信攻赵"拔赵帜,立汉赤帜"的记载。拔:此处意指中国军旗被拔起,即失败。　⑪鼓声死:指战场上军鼓声停止,意味着兵败。　⑫物华:物产文化。　⑬山河异:指国家主权改变。⑭是谁家、庄严卧榻,尽伊酣睡:宋太祖赵匡胤说过,"卧榻之侧,岂容他人鼾睡。"此处是说堂堂中国,不容外敌入侵抢掠。伊:他,他们,指侵略者。　⑮神明胄(zhòu):神圣祖先的后代。　⑯更无:再无。　⑰男子:指有志气血性的救国者。　⑱问春水、干卿何事:南唐宰相冯延巳《谒金门》词有"风乍起,吹皱一池春水"的句子,国主李璟问他:"吹皱一池春水,干卿何事!"梁启超借用这个典故,表达对清王朝不让人民关心国事的愤慨。　⑲访明夷:明夷是《易经》卦名,这里指隐居的志士。明末思想家黄宗羲著有《明夷待访录》。别有英雄泪:拜访志士畅谈国事,情意相投,不禁落下泪水。作者以此说明,这些关心祖国兴亡的志士,意志并未泯灭。　⑳鸡声乱,剑光起:西晋时,志士祖逖与朋友刘琨互相勉励为国效力,半夜听到鸡鸣,就起身舞剑。作者用这个典故,意在表示自己将像祖逖那样,刻苦磨炼,随时准备为挽救国家危亡而献身。

作者梁启超(1873—1929),字卓如,号任公,又号饮冰室主人,清代广东新会人。他是中国近代著名学者、思想家、文学家,曾与康有为一起推动变法维新。"戊戌变法"失败后逃往日本,漫游欧洲。辛亥革命后,曾任北洋政府司法总长、财政总长,晚年在清华大学研究院讲学。他对东西学作了广泛的研究,提出许多精辟的见解,对后世有深远影响。

这首词写于1902年,即八国联军入侵北京后的第三年,《辛丑条约》签订后的第二年。"戊戌变法"失败后逃往日本的梁启超,仍然关心国内局势,号召国人奋起挽救危亡,走自强之路。在这首词中,作者抒发了强烈的家国情怀。

运用典故表达心意,是词的常用手法。前面讲的辛弃疾的《永遇乐》就是成功的例子。梁启超这首词通篇用典,写得慷慨激昂,很有特色。起句化用李煜"小楼昨夜又东风,故国不堪回首月明中"的词句,表达了对国破家亡现状的哀叹。接着用"鹑首赐秦"的传说,表示对国家落难、人民遭罪的痛惜。"落日"两句,写出国内局势的危急:北方已经由侵略者任意践踏;又反用"拔赵帜,立汉赤帜"的典故,说明中国军队节节败退,危在旦夕。下片化用赵匡胤的名言,抒发对入侵者的痛恨,对国民的不觉悟表示忧虑,但不相信偌大中国,竟没有一个真男儿出来力挽狂澜。用"干卿何事"典故表示自己要寻访英雄,为拯救祖国出力。末句借用"闻鸡起舞"这个著名故事,发出将与敌人抗争到底的豪迈誓言。这首词感情真挚热烈,给人以必胜的信心和昂扬向上的力量。典故贴切生动,具有很强的思想力量和艺术魅力。

【满江红】

[清]秋瑾

小住京华①,早又是、中秋佳节。为篱下、黄花开遍,秋容如拭②。四面歌残终破楚③,八年风味徒思浙④。苦将侬⑤、强派作蛾眉⑥,殊未屑⑦! 身不得,男儿列;心却比,男儿烈⑧。算平生肝胆,因人常热⑨。俗子胸襟谁识我?英雄末路⑩当磨折。莽⑪红尘、何处觅知音?青衫湿⑫!

注 释

①小住京华:到京不久。小住:暂时居住。京华:京城的美称,这里指北京。 ②秋容如拭:秋色明净,就像刚刚擦洗过一般。 ③四面歌残终破楚:指列强逼近,中国四处告急。此处用《史记·项羽本纪》"夜闻汉军四面皆楚歌,项王乃大惊"故事。 ④八年风味徒思浙:八年来空想着故乡浙江的风味。八年,作者于光绪二十二年(1896年)在湖南结婚,到作词时恰好八年。徒:空,徒然。 ⑤苦将侬:苦苦地让我。 ⑥蛾眉:美女的代称,这里指女子。 ⑦殊未屑:仍然不放在心上。殊:还,仍然。未:不。屑:顾惜,介意。 ⑧烈:刚正,不轻易屈服。 ⑨因人常热:为别人而屡屡激动。热:激动。 ⑩末路:最后一段路程。多比喻没有前途、没有指望的境地。 ⑪莽(mǎng):广大。 ⑫青衫湿:失意伤心,泪湿衣裳。化用唐白居易《琵琶行》"座中泣下谁最多?江州司马青衫湿"诗义。青衫:唐代文官八品、九品的衣服是青色,为官职最低的服色。

提示

作者秋瑾（1875—1907），字璿卿，别号竞雄、鉴湖女侠，清代浙江山阴（今绍兴）人。她是中国民主革命的女革命家，1904年脱离封建家庭，留学日本，参加了革命党，是中国女权和女学思想的倡导者。1907年与徐锡麟策划反清的浙皖起义，失败后英勇就义，是第一个为民主革命献身的女性。同时，她也是清末著名作家和诗人，诗词文俱佳，词作一扫闺阁之气，舒朗沉雄，创一代新风。

这首词作于1903年。当时作者脱离家庭，在京城小住。第二年便只身东渡日本，寻求救国之路。她在这首词中，写出自己受封建礼教束缚，抱负不得施展的苦闷心情，表达了立志报国的强烈愿望。上片写作者结婚八年，表面是贵夫人，实际奴仆不如，现在终于冲破家庭牢笼，实现自立的愿望。下片写虽有凌云壮志，但很难找到志同道合的人，不觉泪湿衣襟。"身不得，男儿列；心却比，男儿烈！"这四句让"巾帼不让须眉"的鉴湖女侠形象跃然纸上。作者在词末接连发出两个反问，表达自己英雄路上知音难觅的忧愁。作品以炽烈的感情，高昂的格调，刚健的语言抒写情怀，感人至深。

【鹧鸪天】
[清]秋瑾

祖国沉沦①感不禁②,闲来海外③觅知音④。金瓯已缺⑤总须补,为国牺牲敢惜身! 嗟险阻⑥,叹飘零⑦,关山万里⑧作雄行⑨。休言女子非英物⑩,夜夜龙泉⑪壁上鸣。

注 释

①沉沦:沉没,危亡的意思。 ②不禁(jīn):忍不住。 ③海外:指日本。作者曾东渡日本留学。 ④知音:这里指革命同志。 ⑤金瓯(ōu)已缺:指国土被列强瓜分。金瓯:金的盆盂,比喻疆土完整坚固,也指国土。 ⑥嗟(jiē)险阻:叹路途之艰险梗塞。 ⑦叹飘零:感慨自身漂泊无依。 ⑧关山万里:指赴日留学。化用《木兰诗》:"万里赴戎机,关山度若飞。" ⑨作雄行:指女扮男装。 ⑩英物:杰出的人物。 ⑪龙泉:宝剑名。

1904年,秋瑾只身赴日留学,在日本接触了革命党人,从此立志推翻腐朽的清朝,并加入了光复会、同盟会,从此走上救亡图存的革命道路。该词为赴日不久的作品,表现作者身为女子不甘示弱,随时准备奔赴救国战场的豪情壮志。

　　上片写赴日背景:国土被列强瓜分,作者东渡日本,积极寻找革命同志,共赴国难。"为国牺牲敢惜身!"一句,体现了作者视死如归的英雄气概。下片写作者不畏艰辛漂洋过海,以身许国的决心。"休言女子非英物,夜夜龙泉壁上鸣",尽展作者敢作敢为的浩然之气:莫要说女子不能成为英雄,且听我那挂在墙上的宝剑,夜夜在鞘中发出的洪亮声音吧!全词慷慨悲壮,锋芒毕露,一代女杰的不凡人格和遒劲风骨跃然纸上。

图书在版编目（CIP）数据

中华经典诗歌词曲赏读.咏怀的词/雪岗主编；全民编写.—合肥：安徽少年儿童出版社，2020.11
（2024.1重印）
ISBN 978-7-5707-0824-6

Ⅰ.①中… Ⅱ.①雪… ②全… Ⅲ.①古典诗歌—诗歌欣赏—中国 Ⅳ.① I207.2

中国版本图书馆 CIP 数据核字 (2020) 第 186189 号

ZHONGHUA JINGDIAN SHIGE CIQU SHANGDU YONGHUAI DE CI
中华经典诗歌词曲赏读·咏怀的词

雪 岗 主编
全 民 编写

出版人：李玲玲	项目统筹：白利峰 杨贤稳	责任编辑：杨贤稳	
责任校对：冯劲松	责任印制：王坤坤	插画绘制：忘川山人	

出版发行：安徽少年儿童出版社　E-mail:ahse1984@163.com
新浪官方微博：http://weibo.com/ahsecbs
（安徽省合肥市翡翠路 1118 号出版传媒广场　邮政编码：230071）
出版部电话：（0551）63533536（办公室）　63533533（传真）
（如发现印装质量问题，影响阅读，请与本社出版部联系调换）

图文制作：杭州乐读文化创意有限公司
印　　制：阳谷毕升印务有限公司
开　本：787mm×1092mm　　1/16　　印张：13.75　　字数：275 千字
版（印）次：2020 年 11 月第 1 版　　　　2024 年 1 月第 3 次印刷

ISBN 978-7-5707-0824-6　　　　　　　　　　　　　定价：53.80 元

版权所有，侵权必究